Thomas Fuchs
Hemingway im Schwarzwald

8 grad

Ernest und Hadley Hemingway 1922 im Schwarzwald.
Der Dichter trägt einen vermutlich in Freiburg erworbenen
Hut.   Foto: The Ernest Hemingway Collection of the
John F. Kennedy Presidential Library and Museum, Boston.

Thomas Fuchs

ÜBER DEN FLUSS UND IN DEN WALD

Hemingway im Schwarzwald

8 grad verlag   Freiburg

Was hat der Mensch für Gewinn von all seiner Mühe, die er hat unter der Sonne? Ein Geschlecht geht, das andere kommt; die Erde bleibt aber immer bestehen. Die Sonne geht auf und geht unter und läuft an ihren Ort, dass sie dort wieder aufgehe.

Bibel, Prediger[*]

---

[*] In der King-James-Bibel beginnt der dritte Satz mit: »The sun also rises …« Hemingway nahm dies als Titel für seinen ersten Roman (deutsch: *Fiesta*). Als der Schriftsteller 1961 in Idaho beigesetzt wurde, eröffnete der Priester mit dieser Passage seine Grabrede.

Inhalt

| Höhenflüge

Das Leben Ernest Hemingways war reich an erlebten und imaginierten Abenteuern. Zu den Schicksalsschlägen gehörten zwei Flugzeugabstürze Anfang 1954 in Afrika, die der Schriftsteller nur mit Glück überlebte. Angehörige und Weltöffentlichkeit blieben damals lange im Unklaren; erste Nachrufe wurden schon gedruckt. Später kolportierte man (lies: Es stand als Nachricht aus gut unterrichteten Kreisen in der New York Times), diese Abstürze hätten bewirkt, dass Hemingway bereits 1954 mit dem Nobelpreis ausgezeichnet wurde. Ursprünglich hatte das Komitee in Stockholm den Isländer Halldór Laxness für jenes Jahr auf der Liste, aber als die Hiobsbotschaften vom abenteuerlustigen Bruchpiloten bei der Akademie eintrafen, zog man diesen vor. Man wollte vermeiden, dass Hemingway das Zeitliche segnet, bevor er in den Pantheon der Weltliteratur aufgenommen werden konnte.

Alles ging gut. Ende des Jahres nahm Hemingway in Schweden die Auszeichnung entgegen. Er bedankte sich mit einer Rede, die in ihrer Demut viele überraschte. Doch der Spaß an der Fliegerei war ihm fortan verdorben.

Am Anfang seiner Laufbahn sah das anders aus. Im Sommer 1922, als die Passagierluftfahrt noch in den Kinderschuhen steckte, flog Hemingway mit seiner Frau Hadley von Paris nach Straßburg, um von dort weiter in den Schwarzwald zu reisen. Die Fluggesellschaft, die Compagnie franco-roumaine de navigation aérienne, war erst 1920 gegründet worden. Irgendwann war wohl selbst den Eigentümern der Firmenname zu sperrig, denn später wurde aus dem Unternehmen über verschiedene Etappen die rumänische Staatsfluglinie Tarom. In den frühen 1920er-Jahren bot das Transportunternehmen – mit vielen Zwischenstopps – Flüge zwischen Paris und Bukarest an. Was die Abenteuerlust betrifft, scheint eine gewisse Seelenverwandtschaft zwischen Autor und Airline bestanden zu haben. Die Compagnie bot 1923 den ersten zivilen Nachtflug an. Im Sommer 1922 verfügte sie allerdings gerade mal über drei Doppeldecker, die nicht nur aus heutiger Sicht wenig vertrauenerweckend wirkten. Aber die knatternde Maschine des amerikanischen Paares landete sicher in Straßburg. Wäre es auf dem Flug von der französischen Hauptstadt ins Elsass zu einem tödlichen Desaster gekommen, den *Schriftsteller* Hemingway hätte es nie gegeben. Denn bis zu diesem Zeitpunkt war Ernest – literarisch gesehen – eine *cause negligible.*[*]

1922 war der Wendepunkt in Hemingways Karriere. Am Anfang des Jahres wollte er Schriftsteller werden, im Jahr darauf war er einer. Das Jahr war randvoll mit Ereignissen, deren Themen sich leitmotivisch durch sein ganzes Leben zogen. Es gab Triumphe, Tragödien und Tiefschläge. Dass ausgerechnet die Urlaubswochen im August im Schwarzwald, wo es vor allem darum ging, zu fischen und auszuspannen, als Schlüsselmoment interpretiert werden können, passt zu Hemingway, dem es schließlich immer sehr gefiel, wenn sich die eigentliche Bedeutung einer Geschichte unter

---

[*] Es gehörte zu den Marotten Hemingways, seine Texte mit fremdsprachlichen Ausdrücken (nicht immer hundertprozentig korrekt) zu schmücken. Warum sollte das in einem Text über Hemingway anders sein?

einer trügerisch ruhigen Oberfläche verbarg. Das berühmte Eisberg-Prinzip halt.

Bei der Gelegenheit ein paar Worte zur Struktur des Buches. Es dreht sich um Hemingways Zeit im Schwarzwald, allerdings wäre der Trip ohne die Schilderung der Ereignisse davor und danach schwer einzuordnen. Also wie den Text organisieren? Eine Möglichkeit zeigt die Struktur von Hemingways Kurzgeschichte *Schnee auf dem Kilimandscharo*. Während der Protagonist seinem Ende »entgegenfiebert«, wird die Handlung immer wieder von Rückblenden unterbrochen, die in alle möglichen Weltgegenden führen – so auch in den Schwarzwald. Das würde hier bedeuten: Einfach den Meister am Beginn des Buches mit seiner Angel an den Fluss setzen und dann, wann immer nötig, wild durch Raum und Zeit springen.

Da wir allerdings nicht nur – vom Jahr 1922 aus betrachtet – in die Vergangenheit abschweifen, sondern auch in die Zukunft sehen, entstünde schnell ein chronologisches Wirrwarr. Daher erscheint die mehr oder weniger sequenzielle Schilderung der Ereignisse des Jahres am sinnvollsten. Nicht zuletzt weil dieses Jahr einen natürlichen Spannungsbogen hat. Wer jedoch direkt in die Elz und den Schwarzwald eintauchen will, kann mit dem Kapitel »Urlaubsreif« anfangen. Aber wie gesagt: Die Vorgeschichte steigert den (Unterhaltungs-)Wert des Angelausflugs enorm.

Und nun weiter im Text.

Da Hemingway später reich heiratete, musste er sich nie – wie zum Beispiel William Faulkner – in den Maschinenräumen der Traumfabrik Hollywood als Schreibknecht verdingen. Ein Interesse für die Welt des Films hatte er dennoch. Mit Frank Sinatra teilte er nicht nur die Schwäche für die Mafia-Hochburg Havanna, sondern auch die Bewunderung für Ava Gardner. Sein eher durchschnittliches Buch

Haben und Nichthaben diente als Startrampe, um Lauren Bacall und Humphrey Bogart als Traumpaar zu etablieren. Aber am glücklichsten war Hemingway, als Gary Cooper die Hauptrolle in der Verfilmung seines Bestsellers *Wem die Stunde schlägt* übernahm. Cooper gab sich, wie Hemingway – und Millionen andere – den Hemingway-Helden imaginierten. Ein einsamer Mann: wortkarg und stoisch. Ein Mann, der unbeirrt seinem Ehrenkodex folgt. Der, wie in *12 Uhr mittags* in Dodge City, standhält, die Gattin[*] in der Kutsche davonfahren lässt, egal ob sie in der Fremde was mit Fürsten anfängt oder nicht. Denn ein Mann muss tun, was ein Mann tun muss.

Das ist der Hemingway-Held. Der Schöpfer dieses Typen hingegen war eine Drama-Queen. Wenn Thomas Mann sagte: »Wo ich bin, ist Deutschland«, hätte Hemingways Leitspruch lauten können: »Wo ich bin, ist Drama.«

Es gab wohl keinen Moment im Leben Hemingways, der nicht von ihm dramatisiert wurde. Einige in Erwartung, einige in der Rückschau und nicht wenige sogar noch, während sie passierten. Und da sind all die Episoden, die nur in seiner Fantasie existierten, noch gar nicht miteingerechnet.

Hemingway war ein Schriftsteller von Weltrang, eine schillernde Figur, ein Meister der Selbstvermarktung. Wenn man seinesgleichen sucht, wird man in der Literatur kaum fündig, eher in der Welt des Sports. Bei Muhammad Ali gab es eine ähnliche Verbindung von Größe und Großspurigkeit. Allerdings mit einem Unterschied. Wenn Ali einen Gegner provozieren wollte, verfasste er ein Gedicht. Hemingway hingegen forderte ihn zum Faustkampf heraus. Die Ironie

---

[*] gespielt von Grace Kelly

Es kann nur einen geben. Hemingway-Doppelgänger Schmitt stellt sich der Konkurrenz in Key West.   Foto: Andy Newman

dabei ist, dass Hemingways Leben auch ohne Ausschmückungen fasziniert. Es hätte all der Arabesken nicht bedurft. Aber sie machen natürlich einiges unterhaltsamer.

Bevor wir in das Jahr 1922 reisen, machen wir uns noch einmal bewusst: Ernest war 1922 noch nicht der Schriftsteller Hemingway. Und er sah auch noch nicht so aus.

Auf Key West gibt es in Hemingways Lieblingskneipe *Sloppy Joe's* seit über vierzig Jahren einen Hemingway-Ähnlichkeitswettbewerb. Die meisten Teilnehmer und regelmäßig der Gewinner ähneln Hemingway in seinen letzten Jahren auf Kuba. Die Ära von *Der alte Mann und das Meer*. Löwenhäuptig, weißmähnig, vollbärtig. Es scheint, als hätten alle Teilnehmer sich das legendäre Foto von Yousuf Karsh zum Vorbild genommen.

Der Satiriker und Reiseschriftsteller Oliver Maria Schmitt machte sich vor Jahren den Spaß, in seinem normalen Outfit an dem Wettbewerb teilzunehmen. Als die Juroren fragten, ob er die Ausschreibung nicht ganz verstanden habe, antwortete er: Er versuche schon, wie Hemingway auszusehen, nur eben wie eine junge Version des Weltliteraten.

Damit konnte er punkten. Denn der echte Key-West-Hemingway ähnelte Higgins, dem Hausdiener des hawaiianischen Privatdetektivs Magnum aus der TV-Serie in den 1980er-Jahren. Wenn Bart, dann höchstens Schnurr, und der Körperbau tendierte eher in Richtung Bürohengst statt wilder Mann. Ein Bäuchlein spannte, irgendwo mussten die vielen Daiquiris ja bleiben.

Der (junge) Amerikaner in Paris hingegen war meist glatt rasiert, eine attraktive Erscheinung. Im Umfeld pergamenthäutiger Schreiberlinge muss er auf manche Verehrer und bestimmt so manche Verehrerin wie ein Adonis gewirkt haben. Sein Blick auf frühen Fotos ist meist trotzig, herausfordernd. Hier will jemand wahrgenommen, auf keinen Fall übersehen werden. Ein junger Mann, erpicht darauf, Eindruck zu schinden, wenn er auch noch nicht genau weiß, wie.

II   Unsere kleine Stadt

Als Hemingway im Dezember 1921 in Paris eintraf, wollte er endlich seinem Leben einen Sinn geben, berühmt und Schriftsteller von Weltrang werden. Seinen Lebensunterhalt sollte der Job bei der Zeitung finanzieren. Das war ein ambitionierter Plan, denn auch seine journalistischen Referenzen waren zu diesem Zeitpunkt eher überschaubar.

Zwar war Hemingway als Schüler der River Forrest Township High School Redakteur bei zwei Schülerzeitungen gewesen. Für *Trapeze* arbeitete er als Reporter. Der Schüler Hemingway bewunderte Ring Lardner. Das war ein Kolumnist aus Chicago, dessen Baseball-Kolumnen im ganzen Land gelesen wurden. Hemingway war von Lardner so begeistert, dass er seine Beiträge in der Schülerzeitung mit »Ring Lardner jr.« unterzeichnete. Gut, dass er später davon Abstand nahm, denn bald gab es wirklich einen Ring Lardner jr., der im Unterschied zu seinem Vater ein erfolgreicher Drehbuchautor wurde.

In der zweiten Schulzeitschrift *Tabula* veröffentlichte Ernest Geschichten. Aber laut Jahrbuch überwogen die sportlichen Aktivitäten, bei seiner Schwester Marcelline gab es weit mehr an künstlerischen Betätigungen, darüber hinaus durfte sie die Abschlussrede halten. Ernest hingegen wurde als »Class Prophet« geführt, später sogar als »Senior Class Prophet«, eine milde Umschreibung für Klassenclown.

Der junge Hemingway galt als Witzbold, der mit seinen Streichen und seinem Talent, andere zu imitieren – darunter natürlich auch Lehrer –, viele zum Lachen brachte. Sogar Anzeichen von Selbstironie wurden vermerkt. Die heitere Seite mag verblüffen, aber das eigentliche Rätsel heißt Oak Park.

Fast alles in Hemingways Werk ist autobiografisch oder soll zumindest so wirken, fast jeder Ort der Welt, in den er seinen Fuß setzte, wurde verwurstet, mit einer Ausnahme: Oak Park. Geburtsort und Hort der Kindheit kommen in Hemingways Œuvre nicht vor. In den Nick-Adams-Storys hat Hemingway das komplexe Verhältnis zu seinem Vater und seinen Mitmenschen quasi aus der Umgebung herausdestilliert. Es geht immer recht zügig in den Wald oder an den Fluss, der Ort, von dem man aufbricht, wird bestenfalls vage skizziert. Oak Park ist »terra incognita«; dabei macht erst die Kenntnis des Heimatortes verständlich, weshalb bestimmte Dinge Hemingway ein Leben lang so wichtig waren.

Als Hemingway 1899 hier zur Welt kam, war Oak Park ein Dorf vor den Toren Chicagos. Auf den Weiden ringsherum weideten Kühe. Hier war man reich, weiß und unter sich. Die sündige »Windy City« war weit genug entfernt, an Haustüren abschließen oder ähnliche großstädtische Marotten dachte niemand.

In den Familien wimmelte es von Veteranen des Bürgerkrieges, und natürlich hatten alle auf der »richtigen Seite« gekämpft, der des Nordens. Beide Großväter Ernies waren im Krieg Regimentskommandeure. Ihr Vermächtnis wurde hochgehalten, und wenn Klein-Ernie brav war, durfte er Opas Säbel tragen. Die ausgiebig zelebrierte Verehrung der Bürgerkriegsveteranen könnte den Drang des erwachsenen Ernests, sich als Militärheld darzustellen, befeuert haben.

Anson Hemingway, der Opa väterlicherseits, hatte sogar ein Regiment aus schwarzen Freiwilligen kommandiert, aber das hieß nicht, dass er in Rassefragen tolerant oder seiner Zeit voraus war. Man *hielt* sich für tolerant. Das war nicht dasselbe.

Es gab jede Menge Minstrelshows und Blackfacing, hätte es in Hemingways Kindheit schon Twitter gegeben, ganze Kohorten hätten sich mit ihren Shitstorms an der Stadt abarbeiten können. Um die eigene Position zu beschreiben, bediente man sich in der Oberschicht Oak Parks gern des Gleichnisses vom Leoparden. Auch wenn es dem Leoparden gelingen sollte, dass einige Flecken aus seinem Fell verschwinden, er würde niemals richtig weiß werden.

Größer als die Angst vor Schwarzen war nur noch die Furcht vor den Suffragetten, jenen Damen, die unbegreiflicherweise verlangten, dass auch Frauen wählen durften. Eine von ihnen war Ernests Mutter Grace. Die Suffragetten wurden erst belächelt und dann bekämpft, doch schließlich setzten sie sich durch. 1911 erhielten Frauen in Oak Park auf kommunaler Ebene das Wahlrecht, Jahre bevor es im Bund eingeführt wurde. In Oak Park wählte man Republikaner, Opa Anson war ein so strammer Parteigänger, dass er sich mit einem Demokraten nicht mal an einen Tisch gesetzt hätte. Woanders war das anders. Oak Park war eine republikanische Insel in einem demokratischen Meer, was aber den Einwohnern egal war, da man sich im Wesentlichen um die eigenen Angelegenheiten kümmerte.

Aber auch wenn man sich nicht um die Welt schert, irgendwann kommt sie von selbst. Technischer Fortschritt zog mit atemberaubender Geschwindigkeit in Oak Park ein. Im Geburtsjahr Hemingways gab es das erste Automobil, bald auch den ersten Autounfall und den ersten

Verkehrstoten. Vor dem Ersten Weltkrieg zählte Oak Park in den Vereinigten Staaten zu den Orten mit den meisten Autos pro Einwohner. Hemingways Vater war eher konservativ eingestellt. Er machte seine Arztbesuche noch lange mit Pferd und Buggy, bevor er sich 1914 ein erstes Auto zulegte, einen Ford. Der Wagen wurde prompt geklaut und erst Tage später – geschrottet, mit leerem Tank – in der Southside von Chicago gefunden.

Elektrizität und Telefone wurden ebenso schnell eingeführt. Diese Art Fortschritt war willkommen. Andere Neuigkeiten wurden eher argwöhnisch beäugt. Zum Beispiel: moderne Tänze, bei denen sich die Paare anfassen durften, Pariser Mode, »Negermusik« – dieses ganze neumodische Zeugs. Was nicht hieß, dass hier Kulturbanausen lebten. Musische Erziehung stand hoch im Kurs, Hemingways Mutter trat in der 1902 eröffneten Warrington-Oper auf und konnte mit Gesangstunden mehr Geld verdienen als ihr Arzt-Gatte. Es sollte alles streng puritanisch, am besten noch viktorianisch sein.

Als Oak Park ans Eisenbahnnetz angeschlossen wurde, rückte der Ort näher an Chicago heran, mit teilweise unangenehmen Folgen. Als eine Diebesbande aus Chicago ihr Unwesen trieb, herrschte in Oak Park ein Klima der Angst wie vor dem Ausbruch der Weltrevolution. Die Polizeitruppe wurde verstärkt und mit Harley-Davidson-Motorrädern ausgerüstet, was aber nicht so cool war, wie es heute klingt, wir reden immer noch von der Zeit vor dem Ersten Weltkrieg. Doch die Leute von Oak Park gewöhnten sich nun an, ihre Häuser abzuschließen, und rangen ihre Hände über die immer schlechter werdende Welt.

Wie es in so manchen Gemeinden ist; wenn sich die Probleme vor der Haustür nicht lösen lassen, sucht die Anteilnahme Ausweichziele in der Ferne. So war es auch in Oak

Park. Wann immer es in der damals noch nicht so genannten Dritten Welt zu Flutkatastrophen, Hungersnöten oder Vulkanausbrüchen kam, wurde in der Kirche mit Inbrunst für die armen Seelen gebetet und ihnen alles erdenklich Gute gewünscht. Als im April 1912 die Titanic mit einer später bei einem gewissen Schriftsteller sehr beliebten Metapher zusammenstieß und sank, gab es Fürbitten und Tränen der Anteilnahme ohne Ende.

Auch Hemingways Familie war streng religiös. Gebete vor der Nachtruhe und den Mahlzeiten. Logen die Kinder oder nahmen sie Schimpfworte in den Mund, dann wurde ihnen dieser mit Seife ausgewaschen. Mancher meint, dass hierin *eine* Quelle für des erwachsenen Hemingways Freude am Flunkern und an verbalen Derbheiten liegt.

Heute gibt es keine Hemingways mehr in Oak Park, und die meisten Besucher wollen lieber das Studio von Frank Lloyd Wright sehen als Hemingways Geburtshaus an der North Oak Avenue. Zur vorletzten Jahrhundertwende war das anders. Es gab jede Menge Hemingways; und fast alle gehörten sie zum Establishment. Vater Clarence war als Arzt angesehen, Mutter Grace als Musikerin, und Onkel George hatte als Developer und Makler dem Ort sowieso den Stempel aufgedrückt.

Für den jungen Ernest war die provinzielle Idylle erdrückend. Alles präsentierte sich aufgeräumt und überschaubar, jeder kannte jeden. Elternhaus, Häuser der Großeltern, die Schule, die Bibliothek, alles war nur ein paar Ecken entfernt, und da in Oak Park jeder jeden kannte, befanden sich die Kinder ständig unter Aufsicht.

Sicher, westlich von dem Ort begann rein technisch gesehen die Wildnis, die Prärie, es gab in der Nähe sogar noch ein paar Ureinwohner. Aber die großen Bestien, die Bisons und die Bären, waren längst ausgestorben. Selbst die

Eichhörnchen, die Hemingway als Kind mit dem Kleinkaliberbergewehr schoss, waren nicht wild. Onkel George siedelte sie im Ort an, als man es plötzlich schick fand, nicht nur gepflegte Rasenflächen, sondern auch hin und her wieselnde Eichhörnchen zu haben. Zum Abschuss wurden sie erst freigegeben, als die Tiere sich über Gebühr vermehrten und Vogelnester plünderten. Die Eichhörnchen gibt es übrigens heute noch.

Die Erzählungen der Granden des Orts von Abenteuern im Westen oder in Übersee oder auf Missionsreisen nährten in Ernie den Verdacht, dass seine Zukunft düster und langweilig werden würde. Er war zu spät geboren, auf ihn wartete nur noch ein Dasein voller Langeweile. Dabei ersehnte er doch nichts so sehr wie ein abenteuerliches Leben.

III   Der junge Mann will mehr

Im Jahr 1915 formulierte der junge Hemingway das, was man heutzutage eine »Bucket List« nennt. Eine Aufzählung der Dinge, die er im Leben erreichen wollte. Die Wünsche wurden nicht einfach nur aufgelistet, Ernie schwor darüber hinaus, er werde nicht rasten noch ruhen, bevor er die Ziele erreicht habe.

Ernie wollte die Ferne erkunden. Erst die Gegend rund um die Hudson Bay, dann Afrika und schließlich Südamerika. Da er auf der High School einiges über Naturwissenschaften und mehrere Sprachen (u. a. Latein) gelernt hatte, fühlte er sich für diese Aufgaben gerüstet. Zudem dürften Ausflüge in die Natur und Wanderungen hilfreich gewesen sein. Er gedachte, sich nach dem Studium einer Expedition anzuschließen und dort an Grenzen zu gehen, *die noch kein Mensch zuvor überschritten hat.* Und um Missverständnissen vorzubeugen: Ein Leben als Millionär oder Reichtümer waren dem Teenager egal. Er wollte der Wissenschaft und der Menschheit dienen.

Das politische Idol von Hemingways Eltern hieß Theodore Roosevelt, ein Politiker, der Brille trug, was ihn aber nicht davon abhielt, einen auf harter Mann zu machen. Roosevelt war Stratege und Kavallerist, seine Spezialtruppe, die »Rough Riders«, wurden im Krieg gegen die Spanier um Kuba so etwas wie Popstars. Im Lauf seiner politischen

Karriere war Roosevelt Gouverneur, Vizepräsident und Präsident, aber am beeindruckendsten war für seine Anhänger, wie Roosevelt mit Widerständen und Schicksalsschlägen umging. Teddys – wie ihn Hemingways Eltern und alle Anhänger nannten – Leben war von seinem Willen und seiner Vorstellung bestimmt. Schopenhauer hätte die reinste Freude an ihm gehabt. Roosevelt war ein schwächliches Kind, sein Asthma machte ihn eigentlich untauglich für eine militärische Laufbahn. Der Mann überwand seine Schwäche und wurde zum Helden. Roosevelt musste erleben, dass Frau und Mutter innerhalb weniger Tage starben; für den Politiker nur ein Anlass, sich noch stärker auf den Dienst am Vaterland zu konzentrieren.

Bei den Wahlen 1912 trat der eigensinnige Roosevelt seiner eigenen Partei gegen das Schienbein und machte mit der Big Moose Party den Republikanern Konkurrenz. Am Ende gewann der Demokrat Woodrow Wilson, mit dem Versprechen, die Vereinigten Staaten aus drohenden kriegerischen Auseinandersetzungen auf dem alten Kontinent herauszuhalten. Aber dazu kommen wir später.

Wilson galt im Nachhinein als Fehlbesetzung. Doch trotz der Sabotage an der eigenen Partei wurde das Idol Roosevelt bei den Hemingways weiter verehrt. Theodore wiederholte immer wieder, wie wichtig es sei, als Mann *kein* Feigling zu sein, sich gerade in Extremsituationen immer wieder zu bewähren. Das Leben war Kampf, kein Spiel. Verlieren keine Option. Damit traf er den Nerv der Zeit. Da der Kontinent nun von Küste zu Küste US-amerikanisch war, herrschte die Befürchtung vor, die nächste Generation werde verweichlichen. Als Gegenmittel zelebrierte man den Sport. American Football galt als besonderer Test der Männlichkeit, aber auch Querfeldeinläufe wurden als Mittel zur Stärkung der Manneskraft akzeptiert.

Ernest übernahm sowohl das Männlichkeitsideal als auch die Betonung der Körperertüchtigung unwidersprochen. An der High School spielte er in der Football-Mannschaft. Unter Coach Zuppke war die Mannschaft zu einem regionalen Champion geworden. In den letzten drei High-School-Jahren von Ernest verlor sie kein einziges Mal. Hemingway konnte nur bedingt zum Erfolg beitragen. Im Junior-Team war er noch drin, ins Senioren-Team kam er nur als Ersatzspieler. Außerdem trainierte er Leichtathletik und schwamm. Dass er sich in irgendeiner Disziplin besonders ausgezeichnet hätte, ist nicht bekannt, aber er war auf jeden Fall mit dem Herzen dabei.

Die Geschichte, wie Hemingway zum Boxen fand, ist nicht uninteressant. Wie der Autor viel später erzählte, kam er als Sechzehnjähriger von der Jagd mit einem Bündel geschossener Tauben in der Hand, als ihm eine Gruppe Jugendlicher entgegentrat.

»Hast du die selbst geschossen?«, fragte – ausgerechnet – der Kleinste aus der Gruppe.

»Klar«, sagte Ernest.

»Lügner«, sagte der Kleine.

Prompt entspann sich eine wilde Keilerei, bei der Hemingway den Kürzeren zog, worauf er sich einen Boxtrainer suchte.

Die Geschichte ähnelt frappierend jener Legende, die der ehemalige Schwergewichtsweltmeister Mike Tyson über seine Anfänge verbreitet hat. Da ja nun Hemingway unmöglich diese Story bei Tyson geklaut haben kann, stellt sich die Frage, ob das Umfeld des Profiboxers, möglicherweise sogar Tyson selbst, Hemingway gelesen hat.

Im weiteren Verlauf erzählte Hemingway dann gern, er habe mit Profis in Chicago trainiert, an der berüchtigten Southside, wo sich unter niedrigen Decken träge

Ventilatoren drehten und die Luft geschwängert war mit Männerschweiß und Aggression. Es war dann aber wohl doch eher das Musikzimmer seiner Mutter, wo er seine ersten Schläge übte, direkt neben ihrem Steinway-Flügel.

Am 14. Juni 1917 machte Ernest zusammen mit Schwester Marcelline den Abschluss an der High School, und damit war es endlich so weit: Er durfte dem Ort den Rücken kehren. Oak Park war nicht, konnte nicht die Welt sein, das wahre Leben lauerte irgendwo da draußen. Hemingway jr. wollte Himmel und Hölle in Bewegung setzen, um es zu finden und zu genießen. Ernest hatte nicht einmal den rachsüchtigen Plan, später etwa als verlorener, aber berühmter Sohn zurückzukehren, und dann müssten alle, die an ihm gezweifelt hatten, Abbitte leisten. Das Tischtuch war längst zerschnitten. Als im Oktober 1925 mit *In unserer Zeit* sein erster Kurzgeschichtenband erschien, sandte Hemingway fünf Exemplare an die Verwandtschaft in Oak Park. Alle fünf Exemplare wurden kommentarlos retourniert. Nach Erscheinen seines ersten Romans *Fiesta* monierte seine Mutter, warum er mit seinen unappetitlichen Themen seiner Familie so viel Schande bereite. Nein, Oak Park und Hemingway passten einfach nicht zusammen.

Den Traum von der Expedition an die Grenzen der Welt hatte er inzwischen aufgegeben, auch der Plan, Journalismus an der Universität von Illinois zu studieren, wurde verworfen. Denn in Europa tobte seit einigen Jahren der Krieg, der allen Kriegen ein Ende setzen sollte (aber von welchem Krieg dachte man das eigentlich nicht?). Am 6. April 1917 erklärte Präsident Woodrow Wilson Deutschland den Krieg, ab Frühjahr 1918 konnte man sich schon als Achtzehnjähriger beim American Red Cross Ambulance Service als Krankenwagenfahrer bewerben. Auf so eine Gelegenheit hatte Ernest gewartet.

IV Twinkle, twinkle, little Star

Für Schwester Marcelline war Hemingways Verzicht auf eine Akademikerlaufbahn eine gute Nachricht, denn so war im Familienetat Geld frei, um Marcelline ans Oberlin College in Ohio zu schicken. Die Zeit bis zu seiner Reise an die Front überbrückte Ernest mit einem Volontariat beim *Kansas City Star*, den Job besorgte ihm Onkel Tyler, der in Kansas City ein erfolgreicher Geschäftsmann war und dort so viel Einfluss hatte wie die anderen Hemingways in Oak Park.

Als Hemingway im Oktober 1917 in Kansas City ankam, hatte er eine Reise von fast tausend Kilometern hinter sich. Vater Clarence brachte ihn zum Bahnhof und winkte dem abfahrenden Zug nach, bis die Rücklichter in der Ferne verschwanden. Dann kehrte er traurig nach Hause zurück. Hemingways Vater war oft traurig in dieser Zeit. Und es sollte noch schlimmer werden. Am 6. Dezember 1928 setzte der Vater seinem Leben ein Ende. Womit er nach Meinung mancher einen Fluch auf die Familie geladen hatte, denn Selbstmorde gab es seitdem in jeder neuen Hemingway-Generation.

Kansas City war damals eine Stadt von etwa dreihunderttausend Einwohnern. Vor ein paar Jahrzehnten war hier noch Wilder Westen gewesen, die in dem Gary-Cooper-Film befriedete Stadt Dodge City liegt nur wenige hundert Kilometer weiter westwärts. Beim Umgang von Polizei und

Justiz mit Delinquenten war noch etwas von der Ruppigkeit des Westens zu spüren. Um es vorsichtig auszudrücken: Es wurde nicht jeder Paragraf bis auf das letzte Komma befolgt.

Der *Star* hatte Ende des 19. Jahrhunderts als Groschenblatt begonnen, weshalb er von der Konkurrenz mit dem Kinderlied »Twinkle, twinkle, little star« veralbert wurde. 1911 bezog die Zeitung ein neues Redaktionsgebäude an der Grand Avenue. Die lag damals noch weit außerhalb des Stadtzentrums, mancher sprach von einer Fehlinvestition, doch die Spötter irrten, die Stadt wuchs schnell. Bald stand das Redaktionsgebäude im Herzen der Gemeinde.

Der *Kansas City Star* war eine typische Regionalzeitung in »Mittelamerika«. Harry Truman, »Missourian« wie Walt Disney und Mark Twain, arbeitete um die Jahrhundertwende in der Poststelle der Zeitung, wobei ihm die bewundernswerte Leistung gelang, in der zweiten Woche seiner Anstellung weniger zu verdienen als in der ersten. Später witzelte Truman, seine Zeit in der Poststelle sei das einzig Bemerkenswerte am *Star*. Da er das Blatt aber noch im Wahlkampf benötigte, machte er diese Scherze nur im kleinen Kreis.

Hemingway schilderte später gern den Aufbruch nach Kansas City als den großen Sprung in die Selbstständigkeit, ein Abnabeln vom Elternhaus, aber das stimmt nur bedingt. In Kansas City zog Hemingway zuerst bei Onkel Tyler ein, später wohnte er in einer Pension, dann zur Untermiete. Die Wohnsitze waren zwar etwas weiter als ein paar Blocks von der Redaktion in der Grand Avenue entfernt, aber Hemingways Welt war immer noch überschaubar.

Als Volontär war er für die Themen zuständig, die sonst keiner machen wollte, hausintern hieß sein Beritt »fire, fights & funerals«. Er wurde Augenzeuge von Auseinandersetzungen zwischen Polizisten und der aufgebrachten Menge, er musste die Polizeireviere abklappern, Hausbrände dokumentieren und bei Beerdigungen die anwesenden Gäste auflisten, getreu der alten Lokalreporter-Regel: Jeder richtig geschriebene Name in der Zeitung ist ein potenzieller Leser (Käufer) oder gar Abonnent. Darüber hinaus durfte er sich auch an eigenen Elaboraten versuchen. In der Sonntagsausgabe vom 16. Dezember 1917 erschien Hemingways erstes: »Kerensky, the Fighting Flea«. Entgegen dem, was der Titel vermuten ließe, handelte es sich nicht um eine tiefschürfende Analyse der Situation im revolutionär brodelnden Russland, sondern um eine Glosse über einen floharitg durch die Gegend flitzenden Büroarbeiter, der eben den Spitznamen Kerensky trug.

Die nächsten Texte waren mehr oder weniger Polizeiberichte, später folgten Artikel über die ersten Panzereinheiten, die in der Gegend aufgestellt wurden. Da ihn die Kriegsbegeisterung erfasst hatte, meldete sich Hemingway zur Heimwehr, nahm am Drill teil und trug stolz Uniform.

Eine formale Journalistenausbildung gab es beim *Star* nicht, alles, was Hemingway lernte, war »training on the Job«. Was Hemingway entgegenkam, er lernte am besten durch Imitation. Sein Talent zur Parodie zeugt von einer guten Beobachtungsgabe. Wenn Hemingway ein Stil, ein Ansatz gefiel, kopierte er so lange, bis er ihn sich angeeignet hatte.

Sein Lehrmeister hieß Lionel Calhoun Moise, ein hartgesottener Lokalreporter. Moise war ein Meister des Multitasking. Er konnte einen Artikel am Telefon diktieren, während er einen zweiten redigierte und im Kopf einen dritten entwarf. Hemingway imponierten besonders Moises Wortgewandtheit und Trinkfestigkeit. Er hoffte, eines Tages in diesen Punkten mit ihm gleichzuziehen. (Achtung, Spoileralarm!) Das sollte ihm gelingen.

Als Hemingway bereits ein berühmter Schriftsteller war, bescheinigte er Moise und den anderen Kollegen vom *Star*, dass sie ihm einen effektiven, nüchternen Sprachstil beigebracht hatten. Und Grundlage dieses Stils sei der »Star Copy Style« gewesen, ein dreispaltiges betextetes Poster, das in den Redaktionsräumen an der Wand hing und dessen Gebote von allen Profis im Haus so geflissentlich befolgt wurden, als kämen sie von Moses' Gesetzestafeln.

Das ist eine nette Geschichte, auf jeden Fall eine freundliche Geste den ersten Kollegen gegenüber, aber seitdem es nur ein paar Klicks im Internet braucht, um den »Star Copy Style« herunterzuladen, relativiert sich doch einiges.

Von einigen Manierismen abgesehen, besteht der Copy Style aus Regeln, wie sie sich in Dutzenden anderer Stilratgeber finden: Aktiv ist besser als passiv, starke Verben sind besser als schwache, trennbare Verben so dicht wie möglich beieinander lassen etc. Die etwa um diese Zeit erschienenen *Elements of Style* von William Strunk jr. (später erweitert und zum Klassiker verfeinert durch E. B. White) sind umfassender und durchdachter. Zudem stellt sich die Frage, ob es überhaupt Redaktionen gibt, in denen andere Regeln beherzigt werden.

Gibt es tatsächlich Stilfibeln, die vorschreiben: lange Absätze, umständliche Sätze; komm erst zum Thema, wenn es sich wirklich nicht mehr vermeiden lässt; versuch, den Leser zu langweilen, das mag er?

Es fällt schwer, zu glauben, dass der High-School-Absolvent und Schülerzeitungsredakteur Ernest Hemingway mit Regeln wie diesen nicht vertraut war. Nein, für seinen Stil ist Hemingway ganz allein verantwortlich. Was aber mit Sicherheit half, war die Routine, die er durch den Job bekam.

Allerdings – das sei eingeräumt –, in einem Punkt könnte das Studium der Stilfibel des *Kansas City Star* doch Folgen gehabt haben. Das »Star Copy Style Sheet« mahnt, die Anwendung des englischen Wortes »also« gründlich zu überlegen. Möglicherweise hat sich Hemingway daran erinnert, als er nach einem Titel für seinen ersten Roman suchte und auf »The Sun Also Rises« stieß.

In Kansas City erlebte Hemingway zum ersten Mal die schäbige Seite einer Stadt. Die Verbrechen, die Halb- und Unterwelt, die gescheiterten Existenzen, die verrauchten Spelunken. So etwas gab es in Oak Park nicht. Hemingway glaubte sofort, dass er hier sah, was die Welt tatsächlich im Innersten zusammenhält. Nur im Schmutz zeigt sich die wahre Natur der menschlichen Spezies. Des Weiteren kam er zu der Überzeugung, dass alle Menschen eine Maske trugen, mit einer Rolle blendeten und die Aufgabe des Reporters (und später des Schriftstellers) darin bestand, das wahre Wesen eines Menschen zu zeigen, es nicht nur einfach zu benennen.

Der Lehrsatz »Show, don't tell« gehört heute zum Grundwissen eines jeden Schreibseminars, aber am Anfang des 20. Jahrhunderts war dieser Ansatz revolutionär.

So exotisch die Schäbig- und Schmuddeligkeit der dunklen Seiten von Kansas City am Anfang wirkten, der Reiz verflog schnell. Kansas City war zwar größer als Oak Park, aber schlussendlich eben doch eine Provinzstadt im Mittleren Westen. Was die Unterwelt betraf, wäre die Ausbeute in Chicago größer gewesen. Aber da hatte Hemingway ja keine Verwandten.

Beim *Kansas City Star* zeigte sich ein Enthusiasmusverlauf, der sich mehrfach in Hemingways Leben wiederholen sollte: Der Künstler macht sich aus der Ferne ein meist romantisch überhöhtes Bild von einer Sache – in der Regel werden Gefahren und Chancen hemmungslos überzeichnet. Er stürzt sich voller Eifer ins Abenteuer, dann folgt der Realitätsschock; Ernüchterung, die oft mit Verbitterung einhergeht. Und die Jagd auf den nächsten Kick beginnt. Bis irgendwann alle Wiesen abgegrast sind. Und dann … aber bleiben wir lieber in der Zeit unserer Geschichte.

Bei der Zeitung lernte Hemingway Theodor Brumback kennen, Freunde wie Ernie durften ihn Teddy nennen. Auch Teddy wollte als Krankenwagenfahrer nach Europa.

Über Hemingways Weltkriegserfahrung wird später noch zu reden sein, hier geht es um sein Reporterleben, deshalb überspringen wir die Kriegsjahre und machen mit seiner Rückkehr weiter. Zwar war Hemingway nun ein dekorierter und anfangs auch gefeierter Kriegsheld, aber er kehrte eben auch auf Krücken zurück, und er landete da, wo er nie wieder hinwollte: in Oak Park.

Die Hoffnung, mit den Fronterlebnissen eine Literatenlaufbahn zu begründen, erfüllte sich nicht. Die Texte, die Hemingway an die *Saturday Evening Post* schickte, wurden alle mit Formschreiben abgelehnt. Hemingway reagierte trotzig. Er beschloss, die *Post* so lange mit Texten zu bombardieren, bis sie etwas von ihm veröffentlichten, und sei es nur, damit er Ruhe gab. Die Redaktion hatte den längeren Atem und einen unerschöpflichen Vorrat an Vordrucken für Ablehnungsschreiben. Hemingway wechselte die Taktik. Er versuchte es bei anderen Blättern. Wieder nur Ablehnungen. Aber immerhin gab es jetzt nicht nur Formschreiben als Antwort. Trumbull White, Redakteur des *Everybody's Magazine* aus New York, gab ihm den Rat, bei seinen Geschichten vor allem aus dem persönlichen Erleben zu schöpfen. Hemingway nahm sich diesen Rat zu Herzen wie keinen anderen; im Prinzip befolgte er ihn bis zu *Der alte Mann und das Meer*, der einzigen Geschichte, die nicht explizit autobiografisch angelegt ist.

V Der große Stern

Hemingway zog auf den Familienlandsitz zurück, ging fischen und jagen, bis es seiner Mutter zu viel wurde und sie ihn rauswarf. Im Herbst 1919 mietete sich Hemingway in Petoskey ein, einer Kleinstadt am Ufer des Michigansees, noch auf dem Territorium der USA, aber viel weiter nördlich gelegen als Toronto. Hier, in Eva Potters Pension (602 State Street), beschloss Hemingway, ein *richtiger* Schriftsteller zu werden. Er wollte hart arbeiten; an sich, an seinem Ziel. Doch immer nur schreiben ging auch nicht, und zum Glück gab es in Petoskey einen Damenclub, der noch nicht genug von Weltkriegserzählungen hatte. Hemingway legte wieder seine teilweise recht fantasievoll gestaltete Uniform an und erzählte von der Front und davon, wie er sich trotz seiner schweren Verletzung den Lebensmut nicht nehmen ließ.

Zu den Damen im Publikum, die diese Erzählungen beeindruckten, gehörte Harriet Connable. Außerdem gehörte Ms. Connable zur Hautevolee Torontos. Sie hatte Verbindungen und in der Stadt etwas zu sagen. Ihr Mann Ralph Connable pflegte zum Beispiel sehr gute Beziehungen zu Torontos führender Tageszeitung, dem *Star*. Darüber hinaus hatten die Connables einen Sohn, der praktischerweise Ralph jr. hieß. Er war körperlich gehandicapt und nicht gerade von Lebensmut durchdrungen.

Man vereinbarte einen Deal. Hemingway sollte sich als eine Art Pfleger/Assistent um Ralph jr. kümmern und ihn inspirieren, dafür konnte er als freier Autor für den *Star* Artikel schreiben. Am Ende stünde eine Win-win-Situation. Die Eltern könnten ins sonnige Florida fahren, Ralph jr. hätte Gesellschaft und Ernest eine berufliche Perspektive.

Toronto war schon damals – zumindest aus amerikanischer Sicht – der Gegenentwurf zu Chicago. Die Windy City war laut, kriminell und verkommen, Toronto dezent, geordnet und tugendhaft. Am 14. Februar 1920 erschien Hemingways erster Beitrag im großen *Star*. In »Bilderkreislauf« geht es um Damen aus der besseren Gesellschaft, die eine Art Ringtausch für Kunstkäufe organisierten. Weitere Artikel folgten, meist harmlose Glossen, aber es waren auch schon erste Texte übers Forellenfischen dabei.

Das Verhältnis zwischen Ernest und Ralph jr. ist schnell beschrieben: Sie waren alles andere als ziemlich beste Freunde. Hemingway langweilte sich mit dem behinderten jungen Mann, nur einen Aspekt nahm er ernst. Hemingway hatte den Auftrag, mit Ralph jr. alle möglichen Sportveranstaltungen zu besuchen. Das tat er ausgiebig. Ging zum Boxen, natürlich, aber auch zu Eishockeyspielen – wir sind schließlich in Kanada.

Heute gilt Hemingway als der größte Autor, der je für den *Toronto Star* gearbeitet hat, aber anfangs war er nicht viel mehr als ein Lückenbüßer. Auch hier arbeitete er vorwiegend die Themen ab, auf die die gestandenen Kollegen keine Lust hatten. Im Frühling 1920 kehrte er nach Oak Park zurück, bis er wieder zu Hause rausflog. Diesmal war Grace unerbittlich. Ernest sei jetzt schließlich einundzwanzig Jahre alt – also volljährig – und solle gefälligst auf eigenen Beinen stehen. Hemingway zog nach Chicago und machte mit seinem Kumpel Bill Horne eine WG auf.

In Chicago lernte er – neben anderen – Hadley Richardson kennen. Hadley war fast acht Jahre älter als Ernest, aber sie kam aus so behüteten und abgeschirmten Verhältnissen, dass sie ihm die Rolle des weit gereisten Mannes von Welt widerspruchslos abnahm. Hadley suchte eine starke Schulter, Ernest wollte genau das sein. Sie heirateten, als Ernährer der Familie tat er sich allerdings schwer. In Chicago gab es den Cooperative Commonwealth, eine Treuhandgesellschaft, die versprach, das Vermögen und die Einlagen der Teilhaber zu vermehren. Die Kooperative hatte ein gleichnamiges Magazin, das nun von Hemingway geschrieben und redigiert wurde. Er verdiente magere vierzig Dollar und langweilte sich zu Tode. Aber er brauchte das Geld. Hadley und Ernest hatten nun eine eigene Wohnung in Chicago, mit Hemingways Salär aber konnten sie nicht viel mehr tun, als gemeinsam am Hungertuch zu nagen.

Am 7. Oktober 1921 kam es zum großen Knall. Die Kooperative ging in Konkurs. Elf Millionen Dollar Anlagevermögen lösten sich in Luft auf, und der Schatzmeister der Organisation flüchtete mit drei Millionen nach Kanada. Hemingway war seinen Job los, als finale Amtshandlung blieb ihm nur noch, in der letzten Ausgabe der Zeitschrift allen Teilhabern die Schreckensnachricht so schonend wie möglich beizubringen.

Hemingway war am Ende, alle seine Träume geplatzt. Er wollte nur noch weg. Aber wohin?

In Toronto hatte man Hemingway nicht vergessen. Als Hemingway zaghaft nach einem Job fragte, war das Echo positiv. Beim *Star* hatte man große Pläne. Herausgeber Joe Atkinson sollte das Blatt in eine höhere Liga hieven. Er wollte aus dem *Star* ein überregional bedeutendes Blatt machen, mit einer Auslandsberichterstattung, die auch in den Metropolen ernst genommen und zitiert wurde. Umsetzen sollte die Pläne ein neuer Chefredakteur namens John Bone. Natürlich war es nur eine Frage der Zeit, bis er mit dem Spitznamen »T-Bone« verziert wurde, aber wichtiger war: John Bone traute Hemingway einiges zu, trotz der überschaubaren Erfahrung.

Bone bot Hemingway den Job als Europakorrespondent an, Dienstort Paris. In Anbetracht der dürren Hemingway'schen journalistischen Vita war das eine Sensation, aber Bone war bereit, Hemingway Leine zu lassen und Risiken einzugehen.

Streng genommen war Hemingway kein vollwertiger Korrespondent, als er sich Ende 1921 gemeinsam mit Gattin auf die Überfahrt nach Europa begab, sondern, wie man hierzulande sagen würde, ein fester Freier. Berichtete er aus Paris, bekam er Zeilenhonorar (also wie bei den Angelsachsen üblich: nach Anzahl der Wörter), machte er sich auf in die Ferne, erhielt er fünfundsiebzig Dollar die Woche plus Spesen. Die Ausgaben mussten penibel aufgelistet und beglaubigt werden, Hemingway reichte alles ein, vom Streichholzheftchen bis zur Taxiquittung.

Und Gründe, durch Europa zu kurven, gab es genug. Die Tinte unter dem Versailler Vertrag war gerade trocken, auf dem Kontinent brodelte es. Auf dem Wiener Kongress von 1815 war es gelungen, Europa für hundert Jahre ruhigzustellen, trotzdem in dieser Zeit die industrielle Revolution den Kontinent gründlich durchschüttelte. Die Vereinbarungen von Versailles und Sèvres hielten keine zwanzig Jahre. Am Ende war jeder unzufrieden. Die Verlierer fühlten sich gedemütigt. Deutschland wurde von allen Seiten beschnitten, Österreich-Ungarn atomisiert, die Türkei auf ihr Kernland reduziert. Die Siegermächte Frankreich und Italien fühlten sich ausgelaugt und erschöpft; und was die Beute betraf, hatten sich alle mehr erhofft. Die neuen Staaten Osteuropas haderten mit den neuen Grenzen. Die von Woodrow Wilson versprochene Selbstbestimmung der Völker ließ sich in Gegenden, wo Ethnien im günstigsten Fall nebeneinanderher, jedoch so gut wie nie akkurat getrennt lebten, kaum zufriedenstellend durchsetzen. Am Ende gab es zwar eine neue Karte Europas, aber der Schein trog: Das war kein Bild einer Staatengemeinschaft, sondern ein Schaubild politischen Nitroglyzerins.

Und Hemingway sollte nun den Lesern in Nordamerika den gärenden Kontinent nahebringen. Würde ihm das gelingen? Für Hemingway-Fans ist klar: Wäre Hemingway beim Journalismus geblieben, er wäre auch dort einer der Großen geworden, wenn nicht sogar der größte. Watergate wäre wohl am Ende nicht von Bob Woodward und Carl Bernstein aufgeklärt worden, sondern von Bob Woodway und Carl Hemstein in Personalunion.

Unstrittig ist, Hemingway machte einen guten Job. Er lieferte jede Menge Material. Stimmungsberichte, Analysen, Glossen, so gut wie nichts davon ist Literatur, aber von einigen Korken abgesehen – über einen werden wir später noch reden –, lag Hemingway mit seinen Einschätzungen, Beobachtungen und Schilderungen erstaunlich oft richtig. Ganz abgesehen davon, dass er als Ein-Mann-Betrieb leistete, was zu späteren Zeiten von ganzen Büros bewältigt wird. Insgesamt sollen es achtundachtzig Depeschen gewesen sein, die er für den *Star* versandte. Er war stolz auf seine Position und machte sich einen Namen. 1922 erwog die Redaktion sogar, ihn als Korrespondenten nach Russland zu schicken. Doch – wir ahnen es bereits …

Hemingways Hoch-Zeit beim Star hielt nur bis Ende 1923. Dann bekam Bone einen Nachfolger. Harry Hindmarsh hielt Hemingway für einen Hitzkopf und Fasler und beendete die Zusammenarbeit. Laut Hemingway-Legende war es allerdings Hemingway selbst, der die Kündigung einreichte. Kurz nachdem er das Weihnachtsgeld eingestrichen hatte. Sein Kündigungsbrief soll aus zusammengeklebten Vordrucken bestanden haben und knapp fünf Meter lang gewesen sein. Zu Hause benutzte er eine Ausgabe des *Star*, um damit das Katzenklo sauber zu machen. Mehr war ihm das Blatt nicht wert. Sagte er. Seine Artikel hat er dennoch bis zu seinem Lebensende aufbewahrt, fein säuberlich ausgeschnitten und in ein Album geklebt.

Doch die Demut, mit der er einst beim *Toronto Star* vorsprach, war längst vergessen, ebenso, dass der Reporterjob die Übersiedlung nach Paris erst ermöglicht hatte. Als aufstrebender Autor fühlte sich Hemingway nun durch die tägliche Pressearbeit behindert und geknebelt. Und eigentlich wollte er ja schon immer vor allem eines werden: Schriftsteller.

VI   Von Rive Gauche zu Left Bank

Ende des 20. Jahrhunderts stand Prag in dem Ruf, eine »second chance city« zu sein. Wer anderswo gescheitert war, hoffte in der tschechischen Hauptstadt auf einen Neuanfang. Viele Amerikaner, die zu Hause nichts zustande brachten, zogen in die Stadt an der Moldau, wo sie sich aufgrund des günstigen Wechselkurses ein billiges Leben leisten konnten. Nicht wenige behaupteten, sie seien hier, um an dem »großen amerikanischen Roman« zu arbeiten. Manche träumten davon, eine ganze Epoche zu prägen. Ein paar Jahre später hörte man nichts mehr von ihnen, das ganze Unternehmen klingt heutzutage wie eine ziemlich kafkaeske Idee. Damals nicht. Denn es hatte am Anfang des Jahrhunderts weiter im Westen des Kontinents einen Präzedenzfall gegeben, warum sollte sich der Erfolg nicht wiederholen lassen?

In Paris versammelte sich nach dem Ersten Weltkrieg fast alles, was sich in der Moderne einen Namen machen sollte. Die Maler waren Franzosen oder Spanier, die Schriftsteller überwiegend Amerikaner, mit ein paar britischen und irischen Einsprengseln.

Bis zum Ersten Weltkrieg war Europa in Sachen Kultur und Kunst der tonangebende Kontinent. Kunst und Kultur waren so wichtig, dass sogar im Krieg darum gefochten wurde. Jedenfalls wollte kaum jemand glauben, dass es bei dem Gemetzel ausschließlich um Ländereien und

Bodenschätze ging. Selbst eine Koryphäe wie Thomas Mann wusste, dass die Auseinandersetzung mit dem welschen Erbfeind im Grunde ein Kampf zwischen kerndeutscher Kultur und französischer Frivolität war. Und da sein Bruder Heinrich diese Sache anders sah, kam bei den Manns noch der Bruderzwist hinzu. Gibt es eine deutschere Form des Streits?

Doch angesichts der »killing fields« – der blutgetränkten Schlachtfelder vor Verdun und an der Somme – tönte das patriotische Pathos plötzlich gar nicht mehr so erhebend. Dass die Verlierer zu Bitterkeit neigten, war verständlich, aber auch auf der Siegerseite klangen die Slogans von »Honor, Glory, Country« nun schal; auch ein Heldengrab ist am Ende nur ein Grab.

Die Vereinigten Staaten erschienen im Ersten Weltkrieg wie Fortinbras in Hamlet. Als sie kurz vor Schluss den Kriegsschauplatz betraten, waren die meisten gekrönten Häupter so gut wie tot oder vertrieben. Eigentlich hätten die Amerikaner einfach die Kronen aufsammeln und den Laden unter sich aufteilen können, aber sie entschieden sich anders.

Obwohl die Ideen des amerikanischen Präsidenten Wilson die Nachkriegsordnung Europas prägten, als endlich Frieden war, zogen sich die Amerikaner zurück und kümmerten sich um ihre eigenen Angelegenheiten. Den Versailler Vertrag unterschrieben sie nicht, dem Völkerbund traten sie nicht bei, und mit Deutschland schlossen sie einen separaten Friedensvertrag.

Als die Soldaten wieder zu Hause waren, kamen die Künstler. Denen war wohl bewusst, dass sie aus der Provinz in die Welthauptstadt der Kultur übersiedelten. Was nicht heißt, dass es in den Vereinigten Staaten zu dieser Zeit keine Literatur gab, die sich mit der europäischen hätte messen können. Edith Wharton und Henry James waren mit ihren Werken auf Augenhöhe mit dem Besten, was in England erschien. Allein, es war nichts explizit Amerikanisches. Im Prinzip waren sie britische Autoren mit amerikanischer Adresse. Sie empfanden nach, woraus ihnen niemand einen Vorwurf machte, denn Innovation wurde aus ihrer Ecke damals gar nicht erwartet.

Die Ankunft der Amerikaner in Paris änderte nun alles. Sie bevölkerten das vierte, fünfte und sechste Arrondissement am linken Seine-Ufer, nahmen auf, was es an Dada, Kubismus, Surrealismus und sonstigen -ismen gab, spielten damit, inkorporierten, dekonstruierten, verfremdeten, verfälschten, verbauten, was ihnen in die Finger kam. Sie mischten sich unter die Einheimischen, wurden weltgewandt und kosmopolitisch. Auch wenn bei einigen diese Weltgewandtheit anfangs etwas aufgesetzt wirkte.[*] Der günstige Dollarkurs ermöglichte auch jenen ein auskömmliches Leben, die zu Hause als Künstler nur Paria waren. Und je mehr sich der zauberhafte Ruf von Paris auf der anderen Seite des Atlantiks verbreitete, desto mehr Aspiranten strömten herbei. Schließlich kamen mehr und mehr Urlauber, dazu Schaulustige, für die die Künstler mit ihren Ateliers, Ballhäusern und Cafés zu einer Touristenattraktion eigener Art geworden waren. Aus Rive Gauche wurde Left Bank.

Nicht wenige »Expats« genossen ebenso, dass ihnen in Paris niemand vorschrieb, mit wem sie schlafen durften oder wie sie sich zu kleiden hatten. Die Amerikaner in der Fremde konnten Lebensstilen huldigen, für die man sie in Orten wie Oak Park geteert und gefedert hätte.

---

[*] Sie ahnen, wer gemeint ist.

Mit der Weltwirtschaftskrise endete das kulturelle Hoch, aber die Periode wirkte noch lange nach. Ohne die Pariser Zwischenkriegszeit hätte es später keinen Allen Ginsberg gegeben, der in seinem Supermarkt auf Walt Whitman wartete, keinen Jack Kerouac, der unterwegs seine Endlospapierrollen mit emsiger Besessenheit volltippte, keinen W. S. Burroughs, keinen Thomas Pynchon, vermutlich auch keinen Hunter S. Thompson.

Ahmten die amerikanischen Autoren zuvor europäische Moden nach, prägten sie nun den literarischen Mainstream. Im 20. Jahrhundert stellten die USA zehn Literaturnobelpreisträger, so viele wie kein anderes Land. Und dabei sind naturalisierte wie Czesław Miłosz und Joseph Brodsky noch nicht einmal eingerechnet. Aus der Pariser Periode stammen zwei – Hemingway und Sinclair Lewis. Wenn man T. S. Eliot mitzählt, der vor dem Ersten Weltkrieg in die Stadt kam, sind es sogar drei.

Fast all die Künstler in der Fremde wurden um die Jahrhundertwende geboren. Sie waren »Millennials«, einhundert Jahre, bevor dieser Begriff geprägt wurde. Wie alle Millennials gingen sie wie selbstverständlich davon aus, dass ihnen das neue Jahrhundert zu Füßen liegen würde. Wie war denn die Situation am Anfang des 19. Jahrhunderts gewesen? Damals sah es auf der Welt fast immer noch so aus wie nach dem Dreißigjährigen Krieg. Es gab Schießpulver, Pferde und jede Menge Muskelkraft. Am Ende des Säkulums hingegen rollten Eisenbahnen, fuhren Automobile, funkten Telegrafen, hoben Flugzeuge ab, Dampfschiffe kreuzten, Telefone bimmelten, und – für einen in Übersee arbeitenden Reporter nicht unwichtig – Unterseekabel verbanden die ganze Welt miteinander.

Herrschten früher Seuchen und Plagen, standen nun Impfungen und Medizin gegen fast alle Krankheiten zur

Verfügung. Es schien kein Problem zu geben, das der Fortschritt nicht lösen konnte. Was sollte sich im 20. Jahrhundert ändern? Alles würde einfach weitergehen, wie sie es kannten, nur vielleicht noch schneller, noch besser, noch aufregender.

Keine zwei Jahrzehnte weiter war jeglicher Optimismus verflogen. Man fühlte sich immer noch einzigartig, aber auch aller Ausdrucksmittel beraubt. Worte waren wie Asche im Mund geworden.

Ein Krieg tobte, mit der Spanischen Grippe hielt eine Seuche den Planeten im Griff, Paris war randvoll mit Flüchtlingen, im Osten des Kontinents formierte sich ein düsteres, unheimliches Reich. Würden spätere Generationen sich auch nur eine Vorstellung davon machen können, welche Hoffnungen und Ängste die Menschen in dieser Zeit beschäftigten?

In nur ein paar Jahren waren aus blühenden Gärten Schlachtfelder geworden. Der Fortschritt, von dem man seit der Aufklärung glaubte, er werde die Menschheit immer besser machen, schuf offenbar nur immer neue Spielwiesen der Barbarei.

Gertrude Stein, die immer gut in Schlagworten war und diese praktischerweise gleichzeitig auf Englisch und Französisch formulierte, sprach von »une génération perdue«, der »lost generation«.

Doch verloren wollten sie gerade nicht sein. Desillusioniert schon, wenn auch manchmal Desillusioniertheit und Zynismus wenig mehr als eine aufgesetzte Pose waren. Vor allem wollten die Schriftsteller an der Seine eine neue Literatur schaffen; eine, die den Zeitgeist wieder mit kraftvollem Vokabular versorgte.

Den Besten gelang das. Mit all den Irrwegen, Irrtümern, Eitelkeiten, Lächerlichkeiten und Eifersüchteleien, die dazugehören, wenn eine Gruppe ausgeprägter Egos aufeinandertrifft. Und einer der Erfolgreichsten hieß Ernest Hemingway. Doch wie hatte es das Landei überhaupt geschafft, in diesen erlauchten Kreis aufgenommen zu werden?

VII   Der Novize

Denn literarisch hatte Hemingway noch weniger vorzuweisen als journalistisch, als er sich damals beim *Star* in Toronto bewarb. Der allererste von Ernest Hemingway erhaltene literarische Versuch kann genau datiert werden. Am Montag, dem 17. April 1911, schrieb der noch nicht einmal zwölfjährige Ernie »My First Sea Vouge« (sic; etwa: Meine erste Seereiße). Der Text war ein Aufsatz, den er in der sechsten Klasse an der Oliver-Wendell-Holmes-Grundschule in Oak Park verfassen musste.

Die Geschichte ist nur drei Absätze lang. Der Ich-Erzähler berichtet davon, wie seine Mutter starb, als er vier Jahre alt war, und er zusammen mit seinem Vater und seinem kleinen Bruder eine lange Seereise unternahm, die ihn von Amerika um Kap Hoorn herum bis nach Australien führte.

Falls sich jetzt jemand fragt: Wie kommt der Junge auf solche Gedanken? Ernie hatte in den Ferien mit den Eltern Verwandte an der Ostküste besucht und dort Familiengeschichten gelauscht. Großonkel Tyler (nicht identisch mit dem Tyler, der ihn in Kansas City bei der Zeitung unterbrachte) war nämlich genau auf diese Manier vom Schicksal gebeutelt worden. Tyler hatte im Alter von vier Jahren seine Mutter verloren, worauf er mit seinem Vater per Schiff nach Australien reiste.

Nun wäre es unangebracht, aus dem Schulaufsatz eines Elfjährigen zu viel herauszulesen, aber ein paar Dinge sind bemerkenswert. Erstens, wie die Geschichte in den Lebenslauf des Jungen eingewoben wurde. Die erste Person geht Ernie leicht von der Hand, obwohl er genauso gut hätte schreiben können: Als mein Großonkel Tyler vier Jahre alt war … Nein, bei Ernie wird die Geschichte zu *seiner* Story.

Doch die Geschichte des Großonkels wird nicht nur der eigenen Vita einverleibt, sie wird auch angepasst. Der Großonkel reiste damals von Nantucket, Ernies Verwandte lebten aber in Martha's Vineyard, also ging seine imaginierte Reise von dort los. Onkel Tyler hatte eine kleine Schwester, da aber Ernie schon immer einen kleinen Bruder haben wollte, verwandelte sich die real existierende Schwester in der Erzählung in einen fiktiven Bruder. Die anderen Details der Reise, wie der Name des Schiffes (»Elizabeth«) und der Schiffstyp (Dreimastschoner) wurden korrekt vermerkt und geben so der ganzen Sache ein authentisches Flair. Die Heimat der Weltreisenden wird als »kleines weißes Haus« beschrieben, was der Saga eine lyrische Note verleiht.

Noch mal, das ist hier nicht der Versuch, in einem Schulaufsatz frühe Anzeichen kommender Größe nachzuweisen, aber nach dieser Methode hat auch der erwachsene Hemingway später immer wieder gearbeitet. Er nahm Geschichten aus seiner Umgebung, personifizierte sie und bog sie so lange zurecht, bis er sie als seine eigenen ausgeben konnte.

Hemingways erste in der Schulzeitschrift *Tabula* veröffentlichte Geschichte trug den Titel »Judgement of Manitou«. In die wurde nun tatsächlich jede Menge hineininterpretiert.

Stilistisch und thematisch war »Manitou« ein Jack-London-Klon, was kein Zufall war. Werke dieses Autors las Hemingway damals am liebsten. Die nur zwei Seiten lange Geschichte erzählte von zwei Trappern, die oben in Michigan ihr Wesen – oder Unwesen, je nach Sichtweise – trieben. Die ganze Angelegenheit war ziemlich blutrünstig, neben Mord gab es auch einen Selbstmord, und das ist der Grund, weshalb dieser Text immer noch genauestens studiert wird. Sollten sich hier erste zarte Hinweise auf eine spätere Lebensmüdigkeit finden? Möglich. Man kann das Ganze aber auch einfach als Geschichte eines Teenagers lesen, der es darauf anlegte, dass seine Mitschüler sich gruselten. Bevor Ernests Vater Clarence freiwillig aus dem Leben schied, war für den Jungen Suizid eher ein abstraktes Thema. Manchmal, das wusste sogar Sigmund Freud, ist eine Zigarre eben einfach nur eine Zigarre.

Die zweite Geschichte aus Hemingways High-School-Zeit ist ebenfalls aufschlussreich. »A Matter of Color« spielt im Boxermilieu, ist eigentlich ein erzählter Witz. Es geht um einen verschobenen Kampf, ein Motiv, das später noch öfter aufgegriffen wird. Ein Boxer namens »der Schwede« soll zur abgesprochenen Zeit einen schwarzen Kämpfer umhauen, knallt dann aber doch einen Weißen auf die Matte. Gefragt, warum er das tat, antwortet er: »Tut mir leid, aber ich bin farbenblind.«

Die Story ist wieder in der ersten Person verfasst, sie zeigt schon ein recht gutes Ohr für die verschiedenen Dialekte der Akteure.

Aber es besteht noch ein weiterer Grund dafür, weshalb die einzelnen frühen Versuche Hemingways hier so ausführlich dargestellt werden: Es gibt nicht viel mehr schriftstellerische Versuche.

Zumindest was Prosa betrifft. Poesie hingegen hat er eine ganze Menge verfasst. Der Umgang mit Lyrik verbesserte sein Sprachgefühl, aber unterm Strich ist es schon gut, dass er am Ende bei der Belletristik landete. So sind heute zu Recht die meisten lyrischen Ergüsse vergessen.

Die Gedichte sind jedoch interessant, weil sie Hemingway von seiner humoristischen Seite zeigen. Das kennt man von dem Erwachsenen eher selten. Da zeigt er sich ernst, existenzialistisch, auch gehässig und verletzend, aber die simple Freude am Rumalbern – eher kaum.

Von Robert Gernhardt gibt es »Materialien zu einer Kritik der bekanntesten Gedichtform italienischen Ursprungs«, ein Sonett, in dem der Autor seinen Unmut über diese Form der Lyrik äußert. Hemingway hat etwas Ähnliches geschrieben, es ist natürlich noch nicht so geschliffen und brillant, aber er war ja zu dem Zeitpunkt noch Pennäler.

Hemingways Gedicht heißt: »How Ballad Writing Affects Our Seniors«[*]. Das Werk ist eine Ballade in bewusst unbeholfenen Knittelversen, in der erläutert wird, dass die Schüler der Oberstufe partout keine Lust darauf haben, eine Ballade zu schreiben. Die ersten Zeilen lauten:

Oh, I've never writ a ballad
And I'd rather eat shrimp salad

Was man wie folgt übersetzen könnte:

Niemals schrieb ich ein' Ballad'
Da äß' ich lieber Shrimp Salat

(Natürlich geht das besser. Und von jetzt an werde ich nie wieder an den Übersetzungen anderer herumnörgeln. Versprochen.)

---

[*] etwa: Wie sich das Verfassen von Balladen auf die Schüler der Oberstufe auswirkt.

Seit seinem sechzehnten Lebensjahr war Hemingway fest entschlossen, Schriftsteller zu werden, nur allzu viel geschrieben hatte er, wie wir sehen, bis dahin noch nicht.

Ernest Hemingway lernte mit Sherwood Anderson den ersten »richtigen« Schriftsteller kennen, nachdem er im Oktober 1920 nach Chicago gezogen war, etwa zu der Zeit, als er Hadley kennenlernte. Anderson wurde 1876 geboren. Damit war er fünf Jahre jünger als Ernests Vater Clarence. Anderson wurde für Hemingway eine Vaterfigur. Vor seiner Schriftstellerkarriere war er ein erfolgreicher Geschäftsmann gewesen, bis er das durchlebte, was man heute einen Burn-out nennen würde. Anderson löste seine Firma auf und startete eine Literatenlaufbahn. Der Durchbruch gelang ihm mit *Winesburg, Ohio*, einem Band Kurzgeschichten, die miteinander verflochten waren und zeigten, was für Probleme Einwohner einer typisch »mittelamerikanischen« Kleinstadt so hatten. Diese Probleme unterschieden sich nicht sonderlich von denen in Oak Park, und Hemingway gefielen die Sequenzen am besten, in denen es um Sport oder andere männliche Aktivitäten ging.

Zumindest am Anfang verabsäumte Hemingway es nie, dem Reiferen den nötigen Respekt zu erweisen. Anderson fand Gefallen an dem Jungen und sah in ihm literarisches Potenzial, was in Anbetracht des dürftigen Materials bemerkenswert ist.

Der Ältere nahm den jungen Hemingway unter seine Fittiche und empfahl ihm, nach Europa zu gehen und dort seine künstlerischen Geschmacksknospen zu schulen. Das hielt Hemingway für eine gute Idee, allerdings wollte er lieber nach Italien.

Das war das Land, das er liebte (bis ihm Mussolini die Zuneigung austrieb und er mit Spanien fremdging). Das Land, dessen Sprache er perfekt sprach (glaubte er zumindest) und wo (auch davon war er überzeugt) eine gigantische Nachfrage nach Hemingway in allen Jahrgängen und Formen herrschte, vor allem wenn es sich um Vertreter(innen) des Hochadels handelte. Von dieser fixen Idee konnte er bis zum Ende seines Lebens nicht lassen. Schuld daran war unter anderem Gabriele D'Annunzio, dessen extravagante Aktionen und dramatische Selbstinszenierungen Hemingway sehr ansprachen. Während des Ersten Weltkriegs hatte D'Annunzio über dem feindlichen Wien aus einem Flugzeug Flugblätter abgeworfen. Die Pamphlete waren auf Italienisch verfasst und dürften nur von Opernfreunden verstanden worden sein. Nach dem Krieg führte D'Annunzio eine Gruppe von Freischärlern an – darunter die auch von Hemingway geschätzten Arditi –, mit denen er handstreichartig die Stadt Fiume besetzen wollte.

Doch Realismus war wichtiger als Romantik. Sherwood Anderson hatte die besseren Argumente. Paris war erstens die Welthauptstadt der Kultur und zweitens das Epizentrum der amerikanischen Avantgarde. Wenn Hemingway seine Provinzialität abstreifen und international wettbewerbsfähig werden wollte, dann musste er – statt in die ewige Stadt – in die Stadt des Lichts.

Hemingway ließ sich überzeugen. Um den Start zu erleichtern, verfasste Anderson Empfehlungsbriefe, die ihm Einlass in die höchsten Kreise verschafften. Nachdem Hemingway in Paris angekommen war, schrieb er getreulich und regelmäßig in die Heimat und berichtete von seinen Fortschritten. Es ging dabei weniger darum, wie er sich literarisch verbesserte, sondern wichtiger war, wie er sich peu à peu einen Platz im Herzen der Kollegen eroberte. Am Anfang war Hemingway noch sehr dankbar. Andersons Empfehlungsschreiben waren eine unschätzbare Starthilfe, das war ihm klar und das räumte der aufstrebende Dichter auch ohne Wenn und Aber ein.

Solange Hemingway von Anderson etwas wollte, erzählte er gern jedem, wie sehr ihn der Ältere geprägt habe. Später emanzipierte er sich von Anderson, indem er ihn in *Sturmfluten des Frühlings* parodierte. Das war nicht nett und ist heute kaum noch lesenswert. Es hat seine Gründe, dass Hemingway nicht als Satiriker in die Literaturgeschichte einging.

Dunkles Lachen – die Zielscheibe von *Sturmfluten des Frühlings* – war der einzige Bestseller Andersons, allerdings ist dieses Buch ebenfalls mittlerweile so gut wie vergessen. Auch wird Anderson heute nicht mehr zu den wirklich großen Literaten gezählt. Was daran liegen könnte, dass er einfach zu nett war. Hemingway muss sich aufgrund seines Verhaltens den Vorwurf gefallen lassen, dass er sich vor allem an Anderson hängte, weil dieser der einzige Literat in seiner Umgebung war. Der alte Mann war einfach Mittel für mehr.

VIII   Stein-Zeit

Auf den Fotos – unter anderem aufgenommen von Größen wie Man Ray – aus den 1920er-Jahren sieht Gertrude Stein mit ihrer Kurzhaarfrisur aus wie eine gutmütige Concierge, die »Le Monsieur Americain« einmal mehr darauf hinweisen musste, dass er doch »bitte nicht schon wieder auf das Trottoir rei'ern möchte«.

Kein Anblick könnte trügerischer sein. Gertrude Stein war die Hohepriesterin des literarischen Betriebs, wenn sie in ihrem Salon in der Rue de Fleurus 27 Hof hielt, strömten die großen und kleinen Geister von nah und fern herbei. Sie wollten Rat, sie suchten Orientierung, Ermahnung auch und natürlich – Lob.

Ihr Porträt, welches Picasso schuf und das in ihrem Salon an der Wand auf Schulterhöhe hing, sodass die Besucher das Gefühl hatten, sie würden von *zwei* Gertrudes gemustert, gibt ihren Charakter und Ausstrahlung besser wieder. Die Hände sind zwar immer noch bäurisch-patschig, aber das Gesicht ist faltenfrei und hart, der Mund ein dünner Strich, darüber ein Blick, zugleich unbestechlich und gnadenlos. Wenn all die ambitionierten Kreaturen sich diesem Blick mit ihren Werken präsentierten, müssen sie sich gefühlt haben, als würden sie beim Jüngsten Gericht vor *den* Schöpfer treten.

Bevor Gertrude Stein kurz nach der Jahrhundertwende mit ihrem Bruder nach Europa ging – erst nach London –, war sie die wohl lustloseste Medizinstudentin, die die Johns Hopkins Universität je hatte. Obwohl ihr Tutor von ihrer intellektuellen Brillanz überzeugt war und immer wieder versuchte, die junge Dame für das Studium zu begeistern, ging sie statt zu Vorlesungen lieber spazieren oder in die Oper.

Schließlich folgte sie ihrem Bruder Leo nach Paris, der sich dort einen Namen als Kunstsammler machen wollte. Ihr zweistöckiges Apartment in der Rue de Fleurus 27 glich bald mehr und mehr einer Galerie, an den hohen Wänden hingen Werke von Picasso, Juan Gris, Matisse, Cézanne und anderen – ein Anblick, der jedem Kunstfreund Freudentränen in die Augen triebe und jeden Versicherungsvertreter in Angstschweiß ausbrechen ließe. Nach einer Weile zog Leo aus, dafür kam Alice Toklas, und die Hohepriesterin der Moderne hatte ihren Tempel.

In Gertrude Steins Salon hingen nicht nur Bilder, es tummelten sich hier auch leibhaftige Künstler. Um während ihrer eigenen Schreibarbeit ungestört zu bleiben, etablierte Gertrude Stein den Samstagabend als Jour fixe, an dem sie im Kreise der Geistreichen residierte. Gereicht wurden Tee und Schnaps, erwartet wurden Inspiration und Esprit. Lebenspartnerin Alice B. Toklas hatte sich derweil um die Gattinnen der Geistesgrößen zu kümmern. Mit denen wollte Gertrude Stein nichts zu tun haben. Und wenn es nichts zu kümmern gab, nahm Alice ihr Strickzeug, setzte sich in eine Ecke und schwieg.

Was sich an diesen Abenden – wenn auch nicht immer gleichzeitig – im Hause der Frau Stein tummelte, liest sich wie ein Auszug aus dem Lexikon der Literatur des 20. Jahrhunderts: Sinclair Lewis, F. Scott Fitzgerald, Ezra Pound, Thornton Wilder, Sherwood Anderson und eben auch – Ernest Hemingway.

Die Quellen sind sich, was den Zeitpunkt der ersten Begegnung betrifft, nicht ganz einig. Einige sagen, es sei der 8. Februar 1922 gewesen – das war allerdings ein Mittwoch –, an dem Ernest Hemingway zum ersten Mal vorstellig wurde, andere reden vage von Anfang Februar. Carlos Baker, der Hemingway wohl von allen Biografen am nächsten war, meint sogar, die erste Begegnung habe sich erst im März ergeben, weil Hemingway so einen Heidenrespekt vor der Grande Dame hatte, dass er sich nicht traute, früher an ihrer Tür zu klingeln. Jedenfalls war es eines Tages nach einem langen Spaziergang gemeinsam mit Hadley durch den Jardin du Luxembourg endlich so weit. Hemingway fasste sich ein Herz und klopfte an die hohe Pforte.

Anfangs waren die Rollen klar verteilt: Hier die unfehlbare Literaturpäpstin, da der Novize, der dankbar sein durfte, überhaupt in den erlauchten Kreis aufgenommen worden zu sein. In Hemingways Briefen, die er von seinen Reportagereisen an Gertrude Stein schrieb, zeigt er sich freundlich, bewundernd, ja stellenweise geradezu anhimmelnd. Als 1923 Hemingways erster Sohn geboren wurde, bat Hemingway Gertrude und Alice, die Patenschaft zu übernehmen.

Gertrude Stein – das hat sie mit Ayn Rand gemeinsam – gehört zu den Frauen, die als große Autorinnen gelten, aber man wird sehr lange suchen müssen, bis man jemanden findet, der tatsächlich etwas von ihr gelesen hat. Ihre Sprachexperimente werden auch eher theoretisch gewürdigt, am berühmtesten ist immer noch die Zeile »Rose is a rose is a rose is a rose«, über deren Bedeutung man stundenlang grübeln kann.

Dank Gertrude Stein schafft sich Hemingway einen Maßstab, nach dem er fortan Literatur, Kunst und alles andere beurteilt. Ihre Lieblingsvokabel lautet »inaccrochable«, ein Adjektiv, welches den Vorteil hat, dass es sowohl englisch als auch französisch auszusprechen ist. Ursprünglich meinte Ms. Stein damit Bilder, in die zwar viel Mühe – vielleicht sogar Talent – gesteckt wurde, die es aber dennoch einfach nicht verdient hätten, aufgehängt zu werden. Und so gibt es viele Romane, Geschichten, Gedichte, die einfach nur »inaccrochable« sind.

Doch an dem Mann aus dem mittleren Westen hat sie einen Narren gefressen. Sie macht sich sogar die Mühe, in ihrer kaffeekannigen Kurvigkeit die Stufen zu Hemingways Apartment hochzukeuchen und die auf seinem Bett (viel mehr steht nicht im Zimmer) ausgebreiteten Gedichte zu inspizieren. Am Anfang ist noch vieles »inaccrochable«.

Gertrude Stein doziert gern, am liebsten vor ihrem Kamin, aber auch anderswo. Hemingway ist wissbegierig wie kein Zweiter. Was ihn an seiner Mutter abstieß, das Matronenhafte, die Selbstgewissheit – genau das fasziniert ihn bei Gertrude. Einige Maximen nimmt sich Hemingway besonders zu Herzen, so den Grundsatz, dass man unbedingt Kunst kaufen müsse, aber solange man arm sei, müsse man sich entscheiden: entweder Kleider oder Kunst.

Mit der Zeit kühlte sich das Verhältnis zwischen den beiden ab. Es gab immer noch Komplimente, allerdings nun vermengt mit Hinterfotzigkeiten. Hemingway bescheinigte Gertrude Stein, dass sie von ihm gelernt habe, wie man Dialoge schreibt. Sie beschied dem Dichter, er könne vor allem gut zuhören. Dann wurde es gehässiger, so als Gertrude Stein via Autobiografie von Alice B. Toklas berichtete, wie der werdende Vater Hemingway fast zusammengebrochen sei ob der Aussicht, bald eine Familie ernähren zu müssen. Für jemanden, der sich später mit dem Spitznamen »Papa« schmückte, war das in der Tat rufschädigend. Doch am schwersten wog wohl ihr Vorwurf, er sei in Wahrheit viel zu feige, um sein wirkliches Leben zu erzählen.

Ezra Pound war ein weiterer Dichter, mit dem sich Hemingway schnell anfreundete. Auch Pound war um einiges älter als Hemingway, was ihn nicht unbedingt zu einer Vaterfigur, aber doch zu einer Art großen Bruder machte – den Hemingway im richtigen Leben nie hatte.

Pounds Salon war so schäbig wie der von Gertrude beeindruckend, aber Hemingway ging dennoch gern dorthin, denn Pound geizte nicht mit Ratschlägen, außerdem traute er Hemingway zu, dass er es zum größten Lyriker des 20. Jahrhunderts bringen könnte. Verglichen mit dem Stuss, den Pound teilweise später von sich gab, war das eine der harmloseren Thesen.

Hemingway zumindest vergaß dieses Lob nie. Er hielt noch zu Pound, als der längst exkommuniziert worden war, und setzte sich aus humanitären Gründen für ihn ein.

Aber Hemingway musste auch aufpassen, denn Gertrude Stein konnte Pound nicht leiden, und da war sie rigoros. Wer ihr Urteil nicht teilte oder mit Verfemten fraternisierte, der wurde aus der Tafelrunde ausgeschlossen. Auf Lebenszeit. Also mussten sich Hemingway und Pound heimlich treffen. Und selbstverständlich unterrichtete Hemingway Pound im Boxen. Was aber laut Hemingway nicht ganz einfach war, weil Pound als Kind Fechtunterricht erhalten hatte und nun umlernen musste.

Ähnliche Vorsicht ließ Hemingway bei James Joyce walten. Gertrude Stein hielt *Ulysses* für »très, très inaccrochable« und übertrug ihre Abneigung auf den Autor. Hemingway jedoch zog mit dem Iren gern durch Kneipen und setzte bei der Gelegenheit eine weitere Legende in die Welt.

Joyce habe die Angewohnheit besessen, in Kneipen andere Gäste anzurempeln oder zu stoßen, sich dann hinter Hemingways breitem Rücken versteckt und gerufen: »Mach sie fertig, Ernie.«

Nur war Joyce zu diesem Zeitpunkt schon sehr stark in seinem Sehvermögen eingeschränkt. Das mit dem Anrempeln und Stoßen sollte ihm daher ziemlich leichtgefallen sein, aber wie hätte er Hemingway finden sollen?

Das könnte einer der Gründe sein, weshalb diese Anekdote ausschließlich durch Hemingway überliefert wurde.

Wie bei allen Regeln gab es auch im Kosmos Gertrude Steins Ausnahmen. Sherwood Anderson konnte sie eigentlich auch nicht leiden. Sie fand Anderson langweilig. Und sie wollte auch nie etwas von ihm lesen, aber sie traute seinem Urteil und mochte seine ausdrucksvollen Augen. Was für Hemingway ein Glücksfall war.

Während die Expatriierten aus Amerika 1922 in der Stadt an ihren Kunstwerken und ihrem Nachruhm werkelten, gab es einen Amerikaner, der zu dieser Zeit in der Heimat all das erreicht hatte, von dem die Pilger auf dem alten Kontinent träumten. F. Scott Fitzgerald veröffentlichte seine Geschichten in der *Saturday Evening Post*, für seine Kreationen zahlten die Magazine höchste Honorare, und 1922 hatte Fitz schon zwei Romane auf dem Markt, *Diesseits vom Paradies* und *Die Schönen und die Verdammten*. Beides Erfolge. Fitzgerald war vom Zeitgeist besessen, allerdings wollte er nicht der Held seiner Geschichten sein. Die Rolle als Chronist und Beobachter reichte ihm vollkommen. Als Fitzgeralds Karriere ins Stocken geriet, packte er seine Sachen, ging nach Paris, wo ihn Hemingway unter die Fittiche nahm. Hemingway hielt sich nun selbst für einen Hohepriester, der in Sachen Weisheit mindestens an Gertrude Stein heranreichte, obwohl sein erster Roman 1925 noch nicht einmal in Druck war. Hemingway verbreitete gern Ratschläge und Maximen. Was für den armen Fitz nicht immer segensreich war. Dessen Schicksal zeigt, dass ein Aufenthalt in Paris nicht für jeden wie ein Zaubertrank wirken musste.

Aber das geschah erst später. 1922 sah noch einen anderen Hemingway, einen, der – wie Fitzgerald am Anfang von *Der große Gatsby* formulierte – jünger und formbarer war. Ein Homo novus, äußerst aufnahmefähig.

Und lernen musste er noch eine ganze Menge.

IX Lektürehilfe

Aufgrund seines Images als Naturbursche war Hemingway
sorgfältig darauf bedacht, die eigene Belesenheit zu kaschie-
ren. Vermutlich wäre er lieber für einen Analphabeten als
für eine Leseratte gehalten worden. Aber er las viel, in alle
Richtungen. Sogar Cäsars *Gallischen Krieg*, jedenfalls hat er
sich das Buch besorgt. Und da er damit bei seinen Kumpels
kaum punkten konnte, können wir davon ausgehen, dass er
den klassischen Text wirklich gelesen hat. Von der Moderne
dagegen bekam er in der heimatlichen Provinz nichts mit.
Im Elternhaus galten immer noch die Romane des Viktoria-
nischen Zeitalters als Maß aller Dinge, also Charles Dickens
und was danach kam. Und natürlich Kipling. Die Haushei-
ligen der amerikanischen Literatur hießen Henry James,
William Dean Howells und Mark Twain. Henry James
verkörperte das anspruchsvolle, psychologische Element,
Mark Twain das rabaukenhafte und humoristische. Howells
vermittelte zwischen beiden und dem Publikum. Er konnte
auch selbst schreiben, war sich aber bewusst, dass die beiden
in einer anderen Liga spielten.

Von diesem amerikanischen Triumvirat hatte Hemingway
vermutlich nur Twain gelesen und auch da wohl nur *Huck-
leberry Finns Abenteuer*. Die anderen Werke, die als gehoben
amerikanisch galten, Nathaniel Hawthorne, Ralph Waldo
Emerson, waren für Hemingways Geschmack zu zivilisiert.

Seine Vorliebe für Ring Lardner wurde schon erwähnt, aber dieser Autor war im Kern ein Sportjournalist, ein sehr guter sogar, den man mit Genuss lesen kann, nicht nur wenn man Ahnung von Baseball hat. Daneben viel Jack London, vor allem dessen naturalistische Stoffe mit ihren Helden, die sich regelmäßig in Extremsituationen wiederfinden, was Hemingway in seiner Naturburschikosität bestärkte; ebenso die Zeitschrift *National Geographic*. Und dann gab es noch *St. Nicholas*.

Das *St. Nicholas Magazine* war eine amerikanische Jugendzeitschrift, gegründet 1873 von Mary Mapes Dodge, deren bekanntester Roman mit dem Titel *Hans Brinker* schuld daran ist, dass nicht wenige Amerikaner heute noch glauben, Holländer hätten bei Flut wie Hans Brinker nichts Besseres zu tun, als einen Finger in den Deich zu stecken und auf ein Wunder zu warten.

Die Liste der Autoren, die für *St. Nicholas* schrieben, ist lang und beeindruckend: Neben Mark Twain und Louisa May Alcott *(Little Woman)* umfasst sie auch F. Scott Fitzgerald, der ja als junger Mensch überall schneller war als Hemingway. Damit mehr gute Geschichten für Kinder in die Welt kamen, veranstaltete das Blatt Autorenwettbewerbe mit beeindruckenden Preisen.

Hemingway las das Magazin bis weit in seine High-School-Zeit, und wenn er mit den aktuellen Ausgaben durch war, stöberte er auf dem Speicher bei den Großeltern herum, wo die gebundenen früheren Jahrgänge lagen.

Was hingegen moderne Literatur betraf, lebte Hemingway am Anfang des 20. Jahrhunderts noch auf dem Mond. Während seines Einsatzes im Ersten Weltkrieg machte er seine erste eigene Entdeckung in diese Richtung: Er las Joseph Conrad *(Das Herz der Finsternis)*, den er prompt begeistert all seinen Freunden ans Herz legte.

Doch richtig belesen in der Moderne wurde Hemingway erst in Paris.

Kurz nach Neujahr, am 4. Januar 1922, stand Hemingway in der Rue d'Odeon vor den Schaufenstern der Buchhandlung Shakespeare & Company und begehrte Einlass. Sylvia Beach öffnete, und da sie meistens eine braune Samtjacke trug, gehen wir mal davon aus, dass sie das auch an diesem Tag tat. Die beiden begrüßten einander. Es war Sympathie auf den ersten Blick. Hemingway erklärte später, Sylvia Beach sei einer der nettesten Menschen, die er je getroffen habe, und Sylvia nahm bald ein Foto von Hemingway auf, das sie neben denen anderer Geistesgrößen aufhängte. Dass Hemingway die Damen – also Sylvia und ihre Freundin Adrienne – gern mit zu Sportveranstaltungen nahm, nicht nur Boxen, auch Radrennen, müssen wir nicht extra erwähnen. Vielleicht ist es einfacher, in Zukunft nur zu notieren, wer *nicht* mit zum Boxen mitgenommen wurde – sei es zum Training oder als Zuschauer.

Sylvia Beach liebte Literatur und Schriftsteller, hatte aber keinerlei eigene Ambitionen und wurde so fast automatisch zum Mittelpunkt und Kummerkasten der Szene. Sie hatte die Buchhandlung im November 1919 eröffnet. Ursprünglich war ihr Plan gewesen, in London eine für französische Literatur zu gründen, aber dann traf sie in einem Pariser Buchladen ihre spätere Freundin Adrienne Monnier. Hier gingen Koryphäen wie André Gide ein und aus. Also machte sie in der Nähe ein Geschäft mit dem Namen Shakespeare & Company auf, weil der Barde der beste Geschäftspartner war, den sich eine Literaturliebhaberin wünschen konnte.

In den Räumen strich Sylvia die Wände hell und arrangierte die Möbel so, dass nur an den Wänden Regale standen, neben den Fotos. In der Mitte gab es Sessel und Teppiche, denn es sollte von Anfang an ein Geschäft sein, in dem nicht nur Bücher gekauft wurden. Die Leute sollten auch miteinander reden. Erster Kunde bei besagter Neuereröffnung soll André Gide gewesen sein, Gertrude Stein fand das Geschäft »accrochable«, wozu vermutlich beitrug, dass ihre Werke in den Regalen prominent platziert waren.

Die Buchhandlung von Sylvia Beach erfüllte verschiedene Funktionen. Das Geschäft war immer geöffnet, auch an Weihnachten. Der Laden diente zugleich als Leihbibliothek und Café, Poststelle und, wenn die Literaten mal knapp bei Kasse waren – was recht häufig vorkam –, als Minikreditinstitut. Wer keine Lust hatte, nach Hause zu gehen, durfte zwischen den Regalen übernachten, und für Schriftsteller auf der Durchreise gab es über den Ladenräumen ein Zimmer.

Auch Hemingway kam Sylvia Beach gleich am ersten Tag entgegen. Um einen Bibliotheksausweis zu erhalten, musste er seine Adresse angeben. Bewohner ärmerer Viertel hatten daher schlechte Karten. Hemingway wohnte in einer schäbigen Gegend, den Leihausweis bekam er trotzdem, weil Ms. Beach ihm vertraute.

Als Nutzer der Bibliothek konnte Hemingway günstig all die Autoren lesen, die für ihn noch völlige Exoten waren, Franzosen wie Zola, Russen wie Turgenjew, aber auch Zeitgenossen wie Aldous Huxley, D. H. Lawrence oder George Simenon, dessen Krimis Hemingway umgehend in gute und schlechte unterteilte. Wer die guten las, gehörte zum Club, wem die schlechten gefielen, der wurde mit Nichtachtung gestraft. War ein Werk durchgearbeitet, ging Hemingway zu Gertrude Stein, wo er dann erfahren konnte, ob er mit seinem Urteil richtig lag oder nicht.

Zum Glück wusste Gertrude Stein nicht, dass Sylvia Beach ausgerechnet James Joyce mehr als alle anderen Schriftsteller verehrte. Und als Joyce für den *Ulysses* keinen

Verlag fand, nahm diese sich seiner an und erweiterte ihr Geschäftsmodell. Shakespeare & Company fungierte nun auch als Verlagshaus.

Am 2. Februar 1922 war es so weit. Silvia Beach konnte den Hemingways, die gerade aus dem Winterurlaub zurückgekehrt waren, die ersten druckfrischen Exemplare präsentieren. Der zickige Autor hatte sie fast in den Wahnsinn getrieben. Da ihm im letzten Augenblick immer wieder noch Änderungen einfielen, entstand das eigentliche Buch erst auf den Korrekturfahnen. Und da dieses englischsprachige Werk von französischen Setzern gedruckt wurde, schlichen sich viele Fehler ein. Für die Literaturwissenschaft war das natürlich toll, denn so konnte man noch ausgiebiger interpretieren. Gleich nach Erscheinen feierte Ezra Pound das Werk in seiner kleinen Literaturzeitschrift *The Dial*. Ab nun gebe es eine neue Zeitrechnung, jubilierte er, vor *Ulysses* (v. U.) und nach *Ulysses* (n. U.). Und nach *Ulysses* werde kein konventionell geschriebener Roman mehr erscheinen. Ein Verdikt, mit dem er genauso richtig lag wie mit der Prognose, Hemingway müsse der größte Lyriker des 20. Jahrhunderts werden.

Gedankt hat Joyce Sylvia Beach ihr Engagement nicht. Als er ein Angebot von einem »richtigen« Verlag bekam, nahm er ihr die Abdruckrechte wieder weg und zog von dannen. Ihre Bewunderung für den Schriftsteller konnte das nicht erschüttern.

Dank Sylvia & Company schloss Hemingway seine Literaturwissenslücken schnell. Aus dem Studenten wurde ein Partner auf Augenhöhe. Bald beriet er Sylvia, wenn sie daran dachte, weitere Autoren zu veröffentlichen. Dass *In Unserer Zeit*, sein schmales Erstlingswerk, 1925 an prominenter Stelle im Schaufenster platziert wurde, versteht sich von selbst. Aber im Gegensatz zu Joyce hielt Hemingway ihr auch die Treue, als Sylvia in geschäftliche Schwierigkeiten geriet.

1936 stand Shakespeare & Company vor dem Aus. Wegen der Weltwirtschaftskrise hatten viele Amerikaner die Stadt verlassen, der Kundenkreis war zu klein, um den Betrieb aufrechtzuerhalten. André Gide engagierte sich, aber auch Hemingway sprang in die Bresche. Mit seinen Lesungen – obwohl er äußerst ungern eigene Texte vor Publikum vortrug – half er, das Geschäft zu retten.

Und als er im Sommer 1944 mit den amerikanischen Truppen in die Stadt kam, schaute er zuerst bei Sylvia und Adrienne vorbei, die die Zeit der deutschen Besatzung mehr oder minder versteckt überlebt hatten. Dann machte er sich auf, um – wie die Legende weiß – die Weinvorräte des Ritz zu befreien.

Als zu dem Wiedersehen mit Sylvia und Adrienne weitere alte Bekannte hinzustießen, muss die Stimmung wie bei einem Alumnitreffen gewesen sein. Der Vergleich mit den Absolventen einer Bildungseinrichtung hinkt weniger, als man glaubt, denn was Hemingways Kenntnis moderner Literatur betraf, war Shakespeare & Company seine Alma Mater.

X La Bohème

Als die Hemingways in der Vorweihnachtszeit 1921 in Paris eintrafen, buchten sie auf Anraten Sherwood Andersons ein Zimmer im Hotel Jacob et D'Angleterre in der Rue Jacob 44. Laut Sherwood sollte es günstig und sauber sein – was auch stimmte. Die Unterkunft sieht heute noch so aus, wie man es von einem Pariser Hotel erwartet, Belle-Époque-Fassade, vier Stockwerke plus Mansarden, steile Kupferdächer. Die Hemingways logierten wohl in dem Zimmer mit der Nummer vierzehn, aber diese Information unterliegt aufgrund der unsicheren Faktenlage dem branchenüblichen Vorbehalt.

Im Januar machten sie sich auf die Suche nach einer eigenen Bleibe. Lewis Galantière, ein Schreibkollege, über den wir mehr erfahren werden, wenn es in den Schwarzwald geht, empfahl ihnen als Wohnviertel Montparnasse, aber Hemingway wollte unbedingt ins Quartier Latin. Galantière kümmerte sich.

Am 9. Januar 1922 bezogen sie eine Wohnung in der Rue du Cardinal Lemoine 74. Ein klassisches Mietshaus auf der Montagne Saint-Geneviève, der Hausflur klein, die Treppen steil, mit geschwungenen Handläufen. Die Quellen sind sich nicht einig, wie weit oben die Hemingways wohnten, im Angebot sind der zweite, dritte oder vierte Stock. Da auf der Plakette vor dem Haus »troisième étage« steht, vertrauen wir der örtlichen Denkmalpflege und plädieren für den dritten Stock.

Die Wohnung war das, was man im englischen Maklersprech »cold water walk-up« nannte. Kein fließend Wasser, ein Plumpsklo auf der halben Treppe, die Räume seltsam geschnitten, die Decken teilweise schräg. Die Monatsmiete betrug zweihundertfünfzig Francs (zu diesem Zeitpunkt etwa zwanzig Dollar). Allerdings: Die Gegend mochte ärmlich sein, aber von der Rue du Cardinal Lemoine sind es nur ein paar Schritte bis zum Pantheon. *Honi soit qui mal y pense.**

Hemingway war zufrieden. Vom Küchenfenster aus konnte er einen Blick auf die Rue Mouffetard werfen, eine schmale Gasse, die leicht beunruhigend und düster wirkte; und die ihn womöglich an Victor Hugo und *Les Miserables* erinnerte. Wenn ein Amerikaner nach seiner Ankunft in Paris sich nicht binnen 72 Stunden an *Les Miserables* erinnert fühlt, wird ihm die Wiedereinreise in die Heimat verweigert. Das ist in der amerikanischen Verfassung so vorgeschrieben. Nüchtern betrachtet sah die Rue Mouffetard nicht so viel anders aus als eine Alleyway in der Southside von Chicago, aber hey, *c'est Paris, eh*?

Hemingway war fest entschlossen, in Paris sein Leben als armer Poet zu fristen und so seine Kunst zu ungeahnten Höhen zu bringen. Ein Leben voller existenzieller Nöte sollte ihm helfen, die Grundfragen der Existenz in Prosa zu gießen. Hadley machte gute Miene zum bösen Spiel und schrieb den Verwandten zu Hause, sie hätten in Paris eine tolle Wohnung bezogen, modern und hell.

Was sie sich auch hätten leisten können. Hadley brachte eine Aussteuer von dreitausend Dollar mit, und wenn er

---

* Ein Schelm, wer Arges dabei denkt.

Aufträge vom *Toronto Star* bekam, verdiente Hemingway gut. Die meisten anderen Expats versuchten, in der Fremde so gut wie möglich zu leben, einige sogar über ihre Verhältnisse. Nicht so Hemingway. Daher erscheinen die Berichte, dass er pro Tag mit einem Budget von zwei Dollar auskommen *musste*, übertrieben. Hart wurde es erst im nächsten Jahr, als die Familie Zuwachs bekam und Hemingway nicht mehr mit den regelmäßigen Honoraren des *Star* rechnen konnte. Aber so weit sind wir jetzt noch nicht.

Heute befindet sich im Erdgeschoss des Hauses ein Reisebüro mit dem passenden Namen »Under Hemingway's«. Zu Hemingways Zeiten gab es nebenan eine Musikkneipe mit dem Namen Bal du Printemps. Hier wurde ohne Ende Bal-musette gespielt. Das Verhältnis zu den musizierenden Nachbarn soll freundlich gewesen sein (sagt wiederum die Plakette), aber die Dauerbeschallung könnte auch ein Grund dafür gewesen sein, dass Hemingway im Frühjahr ein Arbeitszimmer in der Rue Descartes 39 anmietete. Das Stübchen befindet sich direkt unter dem Dach, ist noch ärmlicher ausgestattet als die Wohnung, aber es gibt einen Kamin, und nicht nur durch den weht ein Hauch Literaturgeschichte. Hier verstarb am 6. Januar 1896 der Dichter der *Blumen des Bösen*, Paul Verlaine. Spätestens nachdem er das gehört hatte, dürfte es für Hemingway, der damals noch starke lyrische Ambitionen hatte, kein Halten mehr gegeben haben.

Und abgesehen von der bescheidenen Situation war es ein schönes Ambiente. Die anderen Künstler lebten fast alle in fußläufiger Entfernung, man besuchte sich und lief sich auch sonst regelmäßig über den Weg.

Am Wochenende wurde auf dem Platz vor der Kirche Saint-Médard Markt abgehalten, in den Auslagen der Brasserien stapelten sich auf Eis Austern und andere

Meeresfrüchte, die die tüchtigen Nachkommen des Verleih-nix täglich in die Hauptstadt karrten.

Spätestens bei den Mahlzeiten verzichtete Hemingway auf die selbst auferlegte Frugalität. Es mussten nicht immer Austern sein, Crabe mexicaine tat es auch. Ein Gläslein Sancerre sollte auch noch drin sein. Und wenn es was zu feiern gab, gern mal Rum St. James.

Aber auch jenseits der geistigen Genüsse machte Hemingway neue Erfahrungen. Ein gutes Ohr für Dialekt-färbungen und sprachliche Eigenheiten hatte er schon nach Frankreich mitgebracht. In Paris änderte sich sein Blick auf das Environment. Durch die Auseinandersetzung mit bildender Kunst in den Galerien, den Museen und nicht zuletzt im Salon von Gertrude Stein sah er die Welt mit neuen Augen. Die Kunst, mit der er hier konfrontiert wurde, beeinflusste seine Art zu schreiben.

Besonders Paul Cézanne wurde immer wieder heran-gezogen – nicht zuletzt von Hemingway selbst –, wenn es um Hemingways Methode ging, Landschaften zu schildern. Der Gegenentwurf zu Hemingway (und Cézanne) wären Städteabbildner wie Canaletto oder auch die Holländer aus dem Goldenen Zeitalter, bei denen noch jede Gardine in einem Fenster und jede Fussel auf einem Tischtuch akri-bisch wiedergegeben wird.

Hemingways Stadtbeschreibungen hingegen bestehen meist aus lässig hingeworfenen Ortsnamen, die dem Leser schnell das Gefühl geben, dass der Verfasser äußerst orts-kundig ist. Vielleicht gibt es ab und an mal ein Adjektiv, aber da ist man bei einem Autor, der Beiwörtern prinzipiell skeptisch gegenübersteht, schon sehr gut bedient.

Auch die Schlachtfelder oder Landschaften werden nicht pingelig Detail für Detail beschrieben, sondern mit groben Strichen aufs Papier gebracht, bis – nur als Beispiel – das

Haus am Fluss über dem Hang, an dem im Winter zuvor Tausende starben, zu einem universellen Menetekel wird.

In den Galerien und bei Frau Stein konnte Hemingway viele Meisterwerke studieren. Zudem hatte er das Glück, dass er zeitgenössische Maler in ihren Ateliers traf. Bei Cézanne ging das ja leider nicht mehr, aber bei Picasso, Miró, André Masson und Juan Gris war es noch möglich. Und sowie er es sich leisten konnte, beherzigte er Gertrude Steins Rat und kaufte Kunst.

1925 – noch zusammen mit Hadley – erwarb er Mirós *Der Bauernhof,* ein Bild, das in der Zeit entstanden war, als er nach Paris kam. Sein erster Kunstkauf. 1931 wurden dann – gemeinsam mit Pauline – zwei Werke von Juan Gris erworben, darunter *Der Stierkämpfer*, das dann auf den Schutzumschlag der amerikanischen Ausgabe von *Tod am Nachmittag* kam.

Insgesamt bekam Hemingway die Zeit in Paris gut, er machte Fortschritte, vor allem auf künstlerischem Gebiet.

Da er allerdings neben seinen artistischen Ambitionen noch einen regulären Job hatte, konnte er nie so viel Zeit fürs literarische Schreiben aufwenden, wie er eigentlich wollte. Und das Sozialisieren und Antichambrieren bei den anderen Klugen und Talentierten brauchte ebenfalls Zeit und Energie. So bleibt schließlich zu konstatieren: Das Leben eines Bohemiens erscheint locker, süß und schön. Aber für Hemingway war das richtig harte Arbeit.

XI Southern Comfort

Hemingway und John Dos Passos kannten sich seit 1918. Beide waren in Italien als Krankenwagenfahrer an der Front im Einsatz gewesen, Dos Passos danach sogar noch als Sanitäter bei der regulären Truppe. Wenn Dos Passos Hemingway in Paris besuchte, speisten sie meist in der Brasserie Lipp. Und da kam Dos Passos dann ins Erzählen. Von seinem ersten Roman, der 1921 erschienen war. Von seinem zweiten, an dem er gerade arbeitete und in den er große Hoffnungen setzte. (Die sollten sich erfüllen. *Manhattan Transfer* wurde 1925 ein großer Erfolg.) Aber eigentlich sei das alles gar nicht so wichtig, bemerkte Dos Passos beiläufig, denn manchmal überlege er, ob eine Karriere als Maler nicht die reizvollere Laufbahn wäre.

Wenn Sie heute den Tisch, an dem die beiden damals saßen, genau untersuchen, können Sie die Stelle noch erkennen, an der Hemingway vor Wut in den Tisch gebissen hatte.

Denn das war Hemingways Dilemma. Zwar verkehrte er nun in exklusiven literarischen Kreisen; er wurde geschätzt, sein Wort hatte Gewicht, nur veröffentlicht hatte er noch nichts. Sein einziger Lichtblick in dieser Zeit war die Literaturzeitschrift *Double Dealer*. An der Entstehung dieses Blattes war H. L. Mencken nicht ganz unschuldig. Mencken war eine Art amerikanischer Karl Kraus, dessen spitze Feder (hier passt das Klischee) gefürchtet war. Er war ein großer Freund der deutschen Kultur, was so weit ging, dass er in seinen Originaltexten immer »Kultur« schrieb, wenn alle anderen »culture« verwendeten. Während des Ersten Weltkrieges verbesserte das seine Position nicht. Mencken war ein typischer Neu-Engländer, der auf den Rest des Landes mit Verachtung hinabblickte. Hinter dem Appalachen-Gebirge begann für ihn die Welt der Ahnungslosen, die im Wesentlichen damit beschäftigt waren, den Indianern verseuchte Decken und Feuerwasser zu verkaufen, und seiner Meinung nach am besten dabei bleiben sollten. Mit anderen Worten: Es ging um Leute wie die, für die Hemingway in Kansas City Zeitung gemacht hatte und mit denen er nach Feierabend gern mal einen trinken ging.

Eine spezielle Verachtung hegte Mencken für den Süden der Vereinigten Staaten. Besonders verletzend war für die dortigen Landsleute, dass Mencken die Antebellum-Welt vor der Zeit des Bürgerkrieges gar nicht in Bausch und Bogen verurteilte. Aber er warf dem Süden vor, dass er sich nach der Niederlage nicht auf seine Stärken besann. Deutschland und Frankreich seien beide vernichtend geschlagen worden, hätten sich aber nach Niederlagen erholt, wohingegen der amerikanische Süden eine Einöde von Langweilern sei. Ein halber Quadratkilometer Europa habe mehr Kultur als der ganze Süden, dessen intellektuelle Verkommenheit schon daran zu erkennen sei, dass man hier Coca-Cola für ein Getränk halte. Mencken beschrieb den Süden als »Sahara of the Bozart«. Das Wort »Bozart« ist eine Verballhornung von »Beaux Art«, also den schönen Künsten. Es wird heute noch als Schimpfwort gebraucht, wenn auch eher in gehobenen Kreisen.

Hemingway war als Mann des Mittleren Westens definitiv kein Neu-Engländer, Sherwood Anderson als

Champion der Provinz erklärte sich solidarisch mit den verhöhnten Südstaatlern, und als diese eine Literaturzeitschrift gründeten, um zu zeigen, dass es im Süden sehr wohl Kultur gab, war er sofort dabei. Die Zeitschrift war der oben erwähnte *Double Dealer*. Sie wurde 1921 in New Orleans gegründet. Sherwood Anderson schrieb das Mission Statement, das verkürzt gesagt in folgende Richtung ging: Die Herren Mencken & Co. mögen doch bitte zur Kenntnis nehmen, dass nicht alle Männer im Süden den ganzen Tag Pick-up Truck fahren und versuchen, Sex mit ihrer Schwester zu haben.

Hemingway hatte 1921, noch in Chicago, eine erste längere Geschichte geschrieben. »A Divine Gesture«, ein ziemlich krudes Werk. Wenn es beschrieben wird, fallen Begriffe wie »kubistisch« und »dada«. In der Geschichte geht es irgendwie um Gott, aber vor allem darum, die Leserschaft mit pseudotiefsinnigen Wortverdrehungen und -schöpfungen zu verblüffen. Ein bisschen so wie bei John Lennons »I Am The Walrus«, wo einfach drauflosgeblödelt und nachher sich köstlich amüsiert wird, weil man sich vorstellt, wie die Intellektuellen nun versuchen, irgendwelchen Sinn in die ganze Sache zu kriegen.

Aber der *Double Dealer* war bereit, die »Parabel« zu drucken, und das machte Hemingway zum Fan. »A Divine Gesture« erschien in der Maiausgabe der Zeitschrift, im Juni folgte ein Gedicht namens »Ultimately«, gerade mal vier Zeilen lang.

PS: Falls sich jemand gefragt hat, weshalb in Hemingways Debüt-Roman *Fiesta* nach ein paar Seiten ansatzlos abschätzig über H.L.Mencken hergezogen wird: Nun dürfte klar sein, warum.

XII Eine Pose ist eine Pose ist eine Pose

In seinen besten Zeiten galt Hemingway seinen Anhängern als eine Mischung aus Universalgenie und Renaissance-Mensch. Als Autor sowieso über jeden Zweifel erhaben, konnte er außerdem fischen, jagen und sich, wenn es darauf ankam, auch im Kampf Mann gegen Mann behaupten. In vielen Sprachen der Welt zu Hause, mit allen weltlichen Genüssen vertraut, musste er einfach als Vorbild herhalten. Aber damit nicht genug. Hemingway war scheinbar nicht nur bereit, für seine Werte sein Leben zu riskieren, er war nebenbei auch noch eine wandelnde Ein-Mann-Ethik-Kommission, die auf alle drängenden moralischen Fragen der Zeit ohne Zaudern und Zagen die richtige Antwort wusste.

In den Augen seiner Gegner hingegen – und auch davon gab es schon immer jede Menge – war er ein Schaumschläger und unerträglicher Poseur, der durch seine Großmäuligkeit nervte und vermutlich bei seiner Geburt seiner Mutter unerträgliche Schmerzen bereitete, so breitbeinig wie er schon auf die Welt gekommen sein musste.

Beide Fraktionen bekriegen einander, seitdem Hemingway die Bühne des Literaturbetriebs betrat, aber in letzter Zeit haben die Nörgler Oberwasser. (Kann sein, dass der Eindruck trügt, aber mir deucht, Ex-Monty-Python-Mitglied Michael Palin war der Letzte, der Hemingway noch ohne Hemmungen als Idol feierte.)

Da Hemingway – wie mutmaßlich die meisten Ikonen – so einiges in seinem Lebenslauf gefälscht und geschönt hat, wurden später genüsslich Tricksereien aufgedeckt, in der Hoffnung, am Ende werde herauskommen, dass der »wahre« Hemingway sich seine Geschichten nur ausgedacht hat und tatsächlich ein belangloses Leben in der Kfz-Zulassungsstelle von Butte, Montana, führte, wo er täglich von Kollegen veralbert wurde, weil er Angst vor Spinnen hatte und sich auf der Betriebsweihnachtsfeier niemals traute, auch nur eine Frau zum Tanz aufzufordern.

So weit wird es nicht kommen. Aber bevor wir uns dem Poseur Hemingway widmen, drängt sich die Frage auf: Brauchen Autoren überhaupt diese enge Verquickung von Schöpfer und Werk? Wer Bestseller verfasst, hat das offenbar nicht nötig. Niemand dürfte ernsthaft glauben, dass J. K. Rowling tatsächlich zaubern kann. Und obwohl es in *Fifty Shades of Grey* oft um Kabelbinder und ähnliche Gerätschaften geht, falls morgen rauskommt, dass E. L. James noch nie in einem Baumarkt gearbeitet hat – die Erschütterung wird sich in Grenzen halten. Oder noch ein Beispiel – um nicht nur Frauen zu erwähnen: Ken Follett steht schon seit Längerem unter dem Verdacht, dass er noch nie eine Kathedrale gebaut hat. Keine einzige. Seinem Status als Bestsellerautor hat das nicht geschadet.

Aber ist das nicht alles Unterhaltungsware? Bei »richtiger« Literatur sieht das doch anders aus, oder?

Offenbar.

Je öfter die Werke eines Schriftstellers repräsentativ ins Regal gestellt anstatt gelesen werden, desto wichtiger wird, wofür der Verfasser steht. Im günstigen Fall entsteht eine Symbiose zwischen Leserschaft und Schöpfer, die beide schmückt. Werden die Schriftsteller dann auch noch zu Instanzen im gesellschaftlichen Diskurs, sollten Image und

Werk miteinander korrelieren. Thomas Mann war selbst als literarischer Königohneland vor allem Repräsentant, und Emile Zola konnte, nachdem er einmal als moralische Instanz etabliert war, keinen Rückzieher mehr machen.

Hier nun hatte Hemingway zwei Probleme.

Erstens: Er wollte den hochliterarischen Schwergewichten ebenbürtig sein, auch demselben Publikum gefallen, aber zugleich deutlich zeigen, dass er keinesfalls einer von ihnen war.

Zweitens und noch schwerwiegender: All die Großschriftsteller hatten die Muße und die Ruhe, einen eigenen Stil zu entwickeln, der ihre Stimme letztlich unverwechselbar machte. Oder mit anderen Worten – sie hatten Geld. Thomas Mann traf eine weise Entscheidung, als er die Tochter eines Großbankiers ehelichte. Der Schwiegervater hielt zwar nicht allzu große Stücke auf ihn, aber er finanzierte ihn bis weit in die Vierziger, und da war Mann als Schriftsteller längst eine nationale Institution.

Marcel Proust wiederum kam aus so vermögenden Verhältnissen, dass er sich selbst dann nicht um sein Einkommen sorgen musste, als die Bolschewiken in Russland alle französischen Investments beschlagnahmt hatten. Seine Anteile am Suezkanal waren immer noch so viel wert, dass er sich keine existenziellen Sorgen machen musste. Anders gesagt: Er konnte bis zum Ende seines Lebens noch ganz viele Madeleines kosten.

Diese Option sollte sich für Hemingway erst gegen Ende der 1920er-Jahre ergeben, als er Pauline heiratete, die ihn großzügig unterstützte. Er kam zwar aus dem gehobenen Mittelstand, aber da er mit den Seinen rigoros gebrochen hatte, konnte er von ihnen keine Unterstützung erwarten.

Was die Entwicklung des eigenen literarischen Stils betraf, dafür hatte er in seinem ersten Pariser Jahr schlicht keine Zeit. Während die Mitgenies den ganzen Tag mehr oder minder inspiriert herumsinnen konnten, war Hemingway dauernd am Rackern. Er musste neue Themen entdecken, waren die gefunden, musste er recherchieren und dann eben auch noch schreiben. Viel Zeit für innere Einkehr blieb da nicht. Die Entscheidung, erst mal am Image zu arbeiten und sich später um die literarische Produktion zu kümmern, mag merkwürdig erscheinen, angesichts seiner Situation war sie nachvollziehbar.

Und es sei ihm zugestanden, dass er beim Weben am Mythos Hemingway nicht ungeschickt vorging. Die Episode, dass er auf der Heimreise nach seiner Fronterfahrung beim Andocken des Schiffes im Hafen von New York wartete, bis alle anderen über die Gangway hinabgeklettert waren, um dann höchst dekorativ in seiner neuen Uniform auf Krücken hinterherzustelzen, ist legendär.

Denn was konnte Hemingway dafür, dass die anwesenden Reporter ihn für eine Art General hielten und ganz erpicht darauf waren, ihn zu interviewen? Er hatte doch nicht viel mehr getan, als ein Schiff zu verlassen. Und das musste er schließlich irgendwann tun.

Ebenso clever sorgte Hemingway dafür, dass so manche Legenden über ihn im Kopf der Zuhörerschaft entstanden, ohne dass er selbst viel dazu tun musste. Über seine Zeit in Italien während des Ersten Weltkrieges verbreitete Hemingway jede Menge Geschichten und Geschichtchen, ohne sich direkt beim Lügen erwischen zu lassen.

So erzählte er gern, dass er in seiner scherzhaft »Schio Country Club« genannten Feldunterkunft reichlich Zeit mit den Arditi verbracht hatte. Arditi waren Elitesoldaten, vergleichbar mit den deutschen Stoßtruppunternehmen. Und so berichtete er bei diversen Umtrünken (Grappa), wie sie auf gemeinsamen Unternehmungen festgestellt hatten, was für Brüder im Geiste sie doch waren. Und wenn dann irgendwann das Gerücht die Runde machte, Hemingway habe in Italien bei den Arditi gekämpft, was sollte er machen? Gegen Gerüchte ankämpfen ist sinnlos, das weiß doch jeder.

Gleichfalls kann man über Hemingways Marotte den Kopf schütteln, alle möglichen Leute zu Boxkämpfen herauszufordern, durchaus auch kleinere und schwächere Gegner. Aus seiner Sicht hatte Hemingway keine andere Wahl. Boxen ist zuallererst Beinarbeit. Wenn ihm an der Front wirklich das Knie zerfetzt worden war, dann dürfte es danach mit der Schnelligkeit seiner Füße nicht mehr weit her gewesen sein. Gegen Gegner in seiner eigenen Gewichtsklasse hätte er vermutlich keinen Treffer gelandet. Die Knieverletzung würde auch erklären, weshalb er nie in Pamplona an der berühmten Stierhatz teilgenommen hat. Aber deshalb auf die Gelegenheit verzichten, seine physische Präsenz unter Beweis zu stellen? Hemingways Antwort auf diese Frage dürfte klar sein.

Wie groß seine Kompetenz bei all seinen Nebentätigkeiten war – darüber kann man lange streiten. Auf einigen Gebieten (Fischfang und Jagd) gehörte er mit ziemlicher Sicherheit zu den Experten, seine Fremdsprachenkenntnisse erreichten nicht immer das behauptete Niveau, dennoch war er damit jedem Durchschnittsamerikaner meilenweit voraus. In anderen Bereichen dürfte er wenig mehr als ein begeisterter Amateur gewesen sein. Aber es ist müßig, darüber auch nur nachzudenken. Am Ende zählt, dass er als Schriftsteller brauchbar war. Selbst wenn er nicht mal ein Glas Gurken ohne fremde Hilfe hätte öffnen können, seine literarische Leistung schmälert das nicht im Geringsten.

Mittlerweile sind viele der von ihm in die Welt gesetzten Legenden zerpflückt worden, aber einen Vorwurf hat noch niemand erhoben, selbst diejenigen nicht, die ihm sonst nicht mal den Dreck unter den Fingernägeln gönnten: und zwar den, er wäre ein Feigling gewesen.

Es gibt genug Fälle, wo seine Begleiter von seinem geradezu selbstmörderischen Mut berichteten. RAF-Piloten, bei denen er im Zweiten Weltkrieg als Kriegskorrespondent bei Einsätzen mitflog, erzählen nicht nur von seiner absoluten Furchtlosigkeit, während links und rechts von ihnen die Flakgranaten explodierten, nein, ihren Berichten zufolge fühlten sie sich selbst in seiner Gegenwart seltsam angstfrei, so als befänden sie sich in einer Art »reality distortion field«, wie es später dem Apple-Gründer Steve Jobs nachgesagt wurde. In solchen Momenten schienen in Hemingways Welt tatsächlich eigene Gesetze zu gelten.

Selbst das Wort Heldentat kann man im Zusammenhang mit Hemingway in den Mund nehmen, ohne rot zu werden. Das gilt sowohl für historische Momente – wer zweifelt, kann ja mal Hemingways Aktionen während der Invasion mit dem Verhalten von Gertrude Stein unter der deutschen Besatzung vergleichen – als auch für das Privatleben. Dass er seiner letzten Ehefrau Mary durch resolutes Eingreifen – und möglicherweise auch aufgrund von Wissen, das er von seinem Arzt-Vater erworben hatte – nach einer Fehlgeburt das Leben rettete, ist belegt. Sie wäre andernfalls innerlich verblutet.

Deshalb müsste eine ehrliche Antwort auf die Frage, ob Hemingway nun ein Held oder ein Prahlhans war, lauten: Er war beides. Und manchmal sogar gleichzeitig.

Am Ende steht die Erkenntnis: Hemingway schuf zwei Kunstwerke, sein Werk und sein Image. Das hat er mit den meisten Künstlern gemein. Ungewöhnlich war bei ihm nur die Reihenfolge. Erst kam das Image, dann die Kunst.

XIII Das Feld der Ehre

Von Mark Twain stammt der Ausspruch: »Kriege wurden erfunden, damit Amerikaner etwas über Geografie lernen.« Kaum jemand illustriert diese These besser als Ernest Hemingway. Als der junge Hemingway 1918 mit dem Schiff nach Frankreich fuhr, dann von Bordeaux aus weiter mit dem Nachtzug nach Paris und schließlich von dort aus nach Italien, sah er zum ersten Mal wirklich etwas von der Welt. Er war auch zum ersten Mal auf sich selbst gestellt. Viele spätere Reisen auf anderen Kontinenten hingen ebenfalls mit Kriegen zusammen, die er teils als reiner Korrespondent, teils als Berichterstatter mit selbstständig erweitertem Aufgabenfeld verfolgte.

Hemingways eigene kriegerische Karriere ist schnell erzählt. Am 2. März 1918 bewarb er sich mit Kumpel Brumback beim American Red Cross. Ende April kassierte er seinen letzten Gehaltsscheck beim *Kansas City Star*, im Mai kam er in New York an, von wo es weiter auf den alten Kontinent ging.

Am 10. Juni traf er in Schio bei der Sektion IV des Ambulance Service ein. Der Dienstort war malerisch, der in seinem Leben mit Superlativen nicht geizende Autor erklärte die Stadt umgehend zum schönsten Platz der Welt. Schio liegt etwa in der Mitte zwischen Verona und Venedig, zu normalen Zeiten der ideale Ort, um Urlaub zu machen.

Aber die Zeiten waren nicht normal.

Am 8. Juli wurde Hemingway, während er sich mit Lebensmitteln in die vorderen Linien begab, von einem österreichischen Schrapnell getroffen, das ihm das Bein zerfetzte und den Körper noch an mehreren anderen Stellen durchlöcherte. Im Lazarett entfernte Capitano Sammarelli unzählige Granatsplitter aus seinem Körper. Am Ende sollen es zweihundertsiebzehn gewesen sein, einige blieben bis zu Hemingways Ableben sein Gast.

In den Briefen an seine Familie werden die Verwundungen in aller Ausführlichkeit beschrieben. Dieses Ritual – der Recke zeigt den Lieben seine Wunden – behielt Hemingway bis in die letzten Lebensjahre bei. Dabei ist eher nebensächlich, wie es zur Verwundung kam. Später, als Hemingway in Paris eine vergleichsweise luxuriöse Wohnung bewohnte, ging er eines Nachts auf die Toilette. Als er im Dunkeln nach der Klospülung griff, verwechselte er die Strippe mit dem Griff des Oberlichts und zog sich ungewollt die ganze Scheibe auf den Schädel. Auch die Wirkung dieser Splitter war verheerend, was ausgiebig dokumentiert und berichtet wurde.

Aber zurück in den Schützengraben. Ob Hemingway nach der Verletzung

a) einfach liegen blieb,

b) noch versuchte, einen ebenfalls verwundeten Kameraden zu retten, woran er aber möglicherweise scheiterte, oder

c) weitere Soldaten aus der Feuerlinie holte und vielleicht noch mehr hätte retten können, hätten ihn seine Vorgesetzten nicht zu einer Pause gezwungen,

wird wohl nie eindeutig geklärt werden, unter anderem weil Hemingway von diesem Zwischenfall so viele Versionen in die Welt gesetzt hat, und mittlerweile ist es auch den meisten egal. Fairerweise sollte man erwähnen, dass es ungefähr zur selben Zeit einen gewissen William Faulkner gab, der in Mississippi stolz an seiner Fliegeruniform das Pilotenabzeichen präsentierte, obwohl er noch keine einzige Minute geflogen war.

Auf jeden Fall bekam Hemingway einen Orden (Croce di Guerra), der nicht viel mehr als ein besseres Verwundetenabzeichen war, aber das wusste zu Hause ja keiner. Außerdem wurde ihm der Dienstrang eines Oberleutnants verliehen, was bedeutete, dass er Unterleutnants dazu zwingen konnte, ihn zu grüßen; eine Aussicht, die ihm gut gefiel.

Am 1. August 1918 kam Hemingway aus dem Lazarett ins amerikanische Militärhospital in Mailand, wo er die Krankenschwester Agnes von Kurowsky traf, die in seinen Werken in mehreren Gestalten auftreten sollte, und den Engländer Chink Dorman-Smith, der zu einem langjährigen Freund wurde.

Sowie Hemingway leidlich wiederhergestellt war, humpelte er durch Mailand oder ließ sich im Seitenwagen durch die Stadt chauffieren. Am 24. September wurde er aus dem Krankenhaus entlassen. Den einwöchigen Genesungsurlaub verbrachte er in Stresa am Lago Maggiore.

Wenige Wochen später, am 24. Oktober 1918, fand an der Via Veneto die letzte große Schlacht an der Südfront statt. Hemingway hätte gern mitgetan, seinen eigenen Erzählungen nach diesmal gar als regulärer Soldat, doch leider, leider fing er sich eine Gelbsucht ein und musste wieder ins Lazarett.

Kurz darauf war der Erste Weltkrieg zu Ende.

Wer nachrechnet, stellt schnell fest: Die Zeit, die Hemingway in Lazaretten und Hospitälern verbrachte, dauerte länger als die an der Front.

Im Prinzip ähnelt Hemingways Auftritt im Ersten Weltkrieg dem seines Vaterlands. Er hat mit einem Minimum an Aufwand ein Maximum an Ertrag rausgeholt. Der Zeit in Italien verdankte er seinen ersten Bestseller *(In einem anderen Land)*, zudem das Image als Held und Frontkämpfer. Außerdem erwarb er sich damals den Ruf, alles, was er erzählte, selbst erlebt zu haben.

Noch in Italien ließ er sich eine Fantasieuniform schneidern. Er ging auf Vortragsreise und genoss die Bewunderung. Als er im Januar 1919 in seiner ehemaligen High School einen Vortrag hielt, brach er alle Zuschauerrekorde. Seine Anekdoten und sein Vortragsstil kamen an, zudem hatte er einen passenden Werbespruch: »Treffen Sie den ersten Amerikaner, der in Italien verwundet wurde.« Das klang gut, auch wenn es nicht ganz stimmte. Hemingway wurde in Italien als zweiter verwundet. Doch der erste Amerikaner war seinen Verletzungen erlegen und konnte also keine Vorträge mehr halten.

Nun gibt es hier keinen Grund zur Häme. Sein Kriegsabenteuer, wie kurz es auch war, erforderte Mut.

Was Hemingways Art, seine Erfahrungen zu verwerten, bemerkenswert macht, ist, wie er sie je nach Bedarf modifizierte. Hemingway zog nicht als erster Schriftsteller in den Krieg. Sogar der Einsatz als Sanitäter ist nicht so selten. Nietzsche war als Feldpfleger im Deutsch-Französischen Krieg von 1870/71, und Bertolt Brecht diente im Ersten Weltkrieg als Sanitäter in einem Lazarett. Aber selbst in noch geringerer Funktion kann ein Autor als Teil der kämpfenden Truppe begriffen werden. Thomas Mann, dessen militärische Kompetenz sich auf das Beschreiben von Musterungsszenen beschränkte, weilte während des Ersten Weltkrieges einmal zu einer Lesung in der Etappe in Brüssel. Nach dem Krieg wurde er von Offizieren, die seine Lesung besucht hatten, zu einem Veteranentreffen eingeladen; denn schließlich habe er doch irgendwie auch gedient. Thomas Mann besaß genug Distanz und Selbstironie, um diese Einladung richtig einzuordnen.

Wenn der Schriftsteller als Mediziner oder Pfleger ins Feld geht, sieht er zwar das Grauen, aber er muss selbst nicht töten, weshalb die Fronterfahrung bei den meisten pazifistische Reaktionen auslöst, verbunden mit Erschütterung über die Grausamkeiten, die Menschen einander scheinbar emotionslos zufügen können. Die Berichte über Nietzsche, der während einer Schlacht einen Nervenzusammenbruch erlitt und mitleidig ein verwundetes Pferd umarmte, sind wohlbekannt, ebenso wie die Bemerkung Brechts, er habe die wahre Grausamkeit des Krieges schon früh erfasst, weil er seinen Sanitätsdienst in der Abteilung für Geschlechtskrankheiten geleistet hatte.

Der jeglichem Pathos abholde Hemingway zeigt sich in dem Roman *In einem anderen Land*. Darin beschreibt er sich als ernüchterten Kämpfer, den stumpfe Vorgesetzte nach seiner heldenhaften Rettung verwundeter Kameraden als Deserteur erschießen wollen.

Aber es gibt eben immer auch den anderen Hemingway, der den Krieg als genau das begreift, was seine Eltern und Theodore Roosevelt gepredigt haben. Als ultimativen Test der Männlichkeit. Desillusioniert wie Erich Maria Remarque in *Im Westen nichts Neues* und dann wieder ein Kriegsgott wie General Patton. Und manchmal – wie bei Hemingway üblich – beides gleichzeitig.

Im Spanischen Bürgerkrieg finanzierte Hemingway Krankenwagen und berichtete vom Kampfgeschehen, im Zweiten Weltkrieg verwandelte er sein Boot *Pilar* in eine Art Teilzeitköder für deutsche U-Boote. In Europa war er als Reporter während des Zweiten Weltkrieges in vorderster Front dabei. Das ist wörtlich zu nehmen. So hätte die Einnahme von Paris ohne Hemingway vermutlich länger gedauert, zumindest die der Weinkeller des Hotels Ritz.

Er blieb wohl mit den Schilderungen seiner Aktionen im Zweiten Weltkrieg näher an der Wahrheit als bei denen im Ersten. Was wohl auch damit zu tun hat, dass er zu dieser Zeit mit zwei Frauen liiert war, die beide selbst als Kriegsreporterinnen arbeiteten und ihn so einerseits anspornten, aber andererseits zwangen, sich nicht zu weit von den Tatsachen zu entfernen.

Aber warum tat er sich das alles an? Wer einer tödlichen Gefahr entrann, macht um diese doch eigentlich in Zukunft einen großen Bogen, zumindest wäre das ein Zeichen von Intelligenz. Hemingway hingegen umschwärmte Gefahrenherde wie die sprichwörtlichen Motten das Licht im berühmtesten Song seiner deutschen Lieblingssängerin.

Im Juni 1922 fährt Hemingway – nachdem er im Frühjahr von der Friedenskonferenz in Genua berichtet hat – noch einmal nach Italien. Einen Bericht über den Trip veröffentlicht er im *Toronto Star*. Ernest hat seine Frau Hadley dabei. Sie umfahren den Gardasee, dann streikt das Auto, aber schließlich erreichen sie ihr Ziel, die Gegend vor Venedig.

Im Text bezieht sich Hemingway auf Flandern, wo kanadische Einheiten im Einsatz waren – also Vertreter seiner Leserschaft. Von der italienischen Front wissen die Kanadier nicht viel, was Hemingway vermutlich ganz recht ist. Er beschreibt nicht nur seine ehemaligen Stellungen, sondern auch die Straße in Richtung Caporetto, wo 1916 eine schwere Schlacht stattfand. Allerdings war Hemingway zu dieser Zeit noch an der High School gewesen und hatte im Debattierclub Vorträge gehalten. Eines der Themen: Braucht die USA eine Militärdoktrin wie die Schweiz?

Der Tenor des Zeitungsbeitrags, mit »Ein Veteran besucht die alte Front« recht ambitioniert betitelt, lautet: Die

Mit den Erzählungen über seine Kriegserlebnisse stieß Hemingway im Schwarzwald nicht auf Gegenliebe. Einige Gründe dafür finden sich in Oberprechtal. Foto: Thomas Fuchs

Vergangenheit ist vergangen, und man lässt sie am besten ruhen. Die Landschaft, die Orte, die Menschen – alle scheinen sich überraschend schnell von dem Krieg und seinen Folgen erholt zu haben. In den Häusern sind die Einschusslöcher verschwunden, die Granattrichter zugeschüttet und die Wunden der Menschen längst verheilt. Hemingway geht mit Hadley zum Fluss, doch die Stelle, an der er verwundet wurde, kann er nicht mehr finden. Als er einem Mädchen in einem Laden erzählt, dass er hier früher im Krieg war, antwortet sie nüchtern: »Das waren viele.«

Möglicherweise überzeugte Hemingway mit dem Artikel sein Publikum davon, die Vergangenheit ruhen zu lassen. Er selbst dürfte von seiner These kein einziges Wort geglaubt haben. Und gehalten an diesen Rat hat er sich keinen einzigen Tag.

XIV   Wann ist ein Mann ein Mann?

Werfen wir einen Blick in die Zukunft.

Sommer 1946. Der Zweite Weltkrieg ist vorbei, die Familie Hemingway erholt sich auf der kubanischen Finca Viga. Zur Familie gehören in diesem Sommer die drei Hemingway-Söhne Jack, Patrick und Gregory, den alle nur »Gigi« nennen. Jack ist dreiundzwanzig, Patrick achtzehn und Gregory zwölf Jahre alt. Hemingways aktuelle Ehefrau heißt Mary. Sie haben erst im Frühjahr geheiratet. Mary ist achtunddreißig, gut zehn Jahre jünger als ihr Gatte. Für die Jungs ist sie eine Mischung aus großer Schwester und Papas neuer Freundin. Die Söhne stammen aus Hemingways früheren Ehen; Jacks Mutter war Hadley, Gigi und Patrick brachte Pauline zur Welt. Martha Gellhorn, Hemingways dritte Frau, wollte keine Kinder von Ernest, später adoptierte sie ein Waisenkind aus Italien. Von ihr wird kolportiert – dabei sollte man im Hinterkopf behalten, dass gerade im Verhältnis zwischen Ernest und Martha viel kolportiert wurde –, sie habe gesagt: »Warum ein Kind selbst zur Welt bringen, wenn man eins kaufen kann?« Mary ist kinderlos. Bald wird eine schlimme Fehlgeburt alle Hoffnungen begraben, aber so weit sind wir noch nicht.

Ernest Hemingway befindet sich auf dem Höhepunkt seiner Laufbahn. Der Autor ist künstlerisch und kommerziell erfolgreich. Er sonnt sich in seinem Ruhm und seinem Reichtum. Hatte ihm Gertrude Stein einst geraten: »Man muss sich entscheiden, entweder man kauft Kleider oder man kauft Kunst«, kann sich Hemingway mittlerweile beides leisten. Er nennt teure Kunstwerke sein Eigen, und für Mary lässt er raffinierte und teure Dessous aus Frankreich einfliegen.

Doch eines Morgens ist Marys Reizwäsche verschwunden. Der Verdacht fällt sofort auf das kubanische Dienstmädchen, das umgehend gefeuert wird. Als der Sommer vorbei ist und Mary die Zimmer der Jungen inspiziert, findet sie unter Gregorys Matratze ihre Dessous. Gregory verbringt seine Schulzeit auf einem katholischen Internat, er kann nicht riskieren, dort mit seinem Fetisch aufzufliegen. Gregory gilt als Topathlet.

Im Herbst 1951 wird Gregory in Los Angeles verhaftet, er hat versucht, in Frauenkleidern die Damentoilette eines Kinos zu betreten. Die Festnahme führt zu einem heftigen Streit zwischen Ernest Hemingway und seiner Exgattin Pauline. Hemingway macht ihr Vorwürfe, die meisten gehen in die Richtung: Es war deine Erziehung, die dafür gesorgt hat, dass er *so* geworden ist. Pauline nimmt der Streit schwer mit, Tage darauf verstirbt sie an einer Magenblutung. Die Vermutung, dass der Streit und ihr Tod miteinander zu tun haben, liegt nahe, am heftigsten geäußert wird sie von Gregory.

In den 1980er-Jahren geben die Hemingway-Söhne – jeder für sich – der *Washington Post* ein Interview. Gregory erklärt, dass gerade die lustvoll inszenierte Maskulinität seines Vaters ihn dazu gebracht habe, sich eine neue Identität zu suchen. Neben Hemingways Mega-Männlichkeit war für einen anderen Mann kein Platz. Trotz seiner Vorliebe für Frauenkleider besteht Gregory lange darauf, ein Mann zu sein. Er gründet eine Familie und zeugt Kinder. Erst Jahre später unterzieht er sich einer Geschlechtsumwandlung und ändert seinen Vornamen in Gloria.

Verständlich, dass Ernest Hemingway in dieser Geschichte keine guten Karten hat – bis berichtet wird, dass Ernest auf den Fummel-Fetisch des Jungen zwar zuerst mit einem Wutanfall reagierte, aber ihn dann tröstete: »Gigi, du und ich, wir sind beide vom selben düsteren Stamm.«

1986 wurde aus dem Nachlass in stark gekürzter Form Hemingways Roman *Der Garten Eden* veröffentlicht. Der Text spielt mit Geschlechterrollen, und plötzlich fiel vielen auf, dass die Protagonistinnen in Hemingways Büchern so gut wie immer kurzhaarig waren und er mit seinen Gefährtinnen öfter darüber sprach, wie es wäre, wenn sie sich beide die Haare gleich lang wachsen ließen, sodass man sie für Zwillinge halten könnte. Und natürlich kam auch wieder die Geschichte auf, wie Hemingways Mutter Grace den Jungen in Mädchenkleider steckte.

Gregorys Gegenentwurf ist Hemingways Erstgeborener, John Nicanor, der als Kind auf den Spitznamen »Bumby« hörte; als Erwachsener nannte er sich Jack.

Jacks Leben liest sich, als habe der Junge versucht, alle Träume seines Vaters wahrzumachen. Seinen zweiten Vornamen – Nicanor – hat er von einem spanischen Stierkämpfer, und mit der Unerschrockenheit eines Matadors stürzte er sich in sein Leben. Nach dem Überfall der Japaner auf Pearl Harbor meldete sich Jack freiwillig zur U.S. Army. 1944 wurde er nach Frankreich versetzt, wo er für eine Spezialeinheit der OSS[*] an Undercover-Aktionen teilnahm. Er sprang über dem besetzten Frankreich ab, ausgerüstet nur mit einer Angelrute. Im Herbst wurde

---

[*] Vorläuferorganisation der CIA

Wie der Vater, so der Sohn. Freiburg gehört zu den Orten, an denen sowohl Ernest als auch Sohn Jack Spuren hinterlassen haben.
Foto: Thomas Fuchs

er verwundet, er landete in einem Kriegsgefangenenlager, im Stalag Moosburg in Bayern. Nach seiner Befreiung im April 1945 flog er nach Paris und feierte das Kriegsende in Europa, zusammen mit seinen Patinnen Gertrude und Alice.

Nach dem Tod des Vaters zog Jack nach Idaho, wo er sich als Umweltschützer verdient machte und seiner Forellenangelleidenschaft frönte. Wie sein Vater zeugte Jack drei Kinder, darunter zwei Töchter, die Schauspielerinnen Margaux und Mariel Hemingway.

Konnte Jack seine Männlichkeit entwickeln und ausleben, weil er, von den Kleinkinderjahren abgesehen, fern vom mega-maskulinen Erzeuger aufwuchs?

Da sich Hemingway getreu dem Roosevelt'schen Imperativ immer wieder als »richtiger« Mann inszenierte, ist es nur konsequent, dass auch sein Sexleben mit erhöhter

Aufmerksamkeit studiert wurde. Für die einen war Hemingway auch in diesem Punkt Vorbild, ein vor Virilität bebender Bulle; andere wiederum sahen in ihm genau aus diesen Gründen ein Feindbild. Und nicht wenige wiesen darauf hin, dass die männlichen Hauptfiguren seiner Geschichten oft ziemlich ramponiert sind. Jake Barnes, der Protagonist von *Fiesta*, ist impotent, Francis Macomber aus *Das kurze glückliche Leben des Francis Macomber* ein geschwätziges Weichei, um nur zwei Beispiele zu nennen.

Nun ist das Sexleben, auch bei Prominenten und Figuren der Zeitgeschichte, letztlich Privatsache, aber da Hemingway selbst so viel Brimborium um die Sache machte und es einer der Aspekte ist, die die Leute am meisten bei Hemingway interessieren, hier ein paar Überlegungen dazu.

Entgegen seinen Erwartungen als Jugendlicher bestand die Expedition seines Lebens nicht darin, ferne Gestade zu erkunden, sein spannendstes Forschungsobjekt war die Sexualität. Diese Expedition lässt sich in vier Missionen unterteilen:

- Was ist Sex überhaupt?
- Bin ich Manns genug?
- Haben auch Frauen Spaß an Sex?
- Haben auch »anständige« Frauen Spaß am Sex?

Die Antworten auf diese Fragen waren für ihn teils beglückend, teils beunruhigend, seine Lernkurve war streckenweise alles andere als steil. Vor allem was die vierte Frage betrifft, dürfte er bis ans Ende seines Lebens keine befriedigende – Wortspielerei unbeabsichtigt – Antwort gefunden haben.

Die Ausgangsposition hätte ungünstiger nicht sein können. Am Anfang des 20. Jahrhunderts rang man sich in Oak Park endlich dazu durch, der Jugend Sexualkundeunterricht zu erteilen. Die Unterweisung sollte im örtlichen YMCA erfolgen.

Der Vater von Ernest war in dieser Frage ebenfalls aktiv. Clarence hielt Vorträge unter dem euphemistischen Titel »Personal Hygiene«. Die dauerten etwa zehn Minuten und konzentrierten sich auf folgende Ratschläge.

Erstens: Masturbation führt zu Erblinden.

Zweitens: Wer zu Prostituierten geht, stirbt elendig an Syphilis.

Drittens: Gehet hin und mehret euch, aber erst wenn ihr verheiratet seid.

Ganz nebenbei hatte man in der Stadt eine effektive Methode entwickelt, Geschlechtskrankheiten zu bekämpfen. Es wurde einfach verboten, Medikamente dagegen zu verkaufen. Dass Pornografie und alles, was in die Richtung geht, ebenfalls verboten war, versteht sich von selbst. Aber in Oak Park hatte man auch ein Auge für Details. Es war bei Strafe untersagt, das Gemächt von Bullen oder Hengsten zu »exhibitionieren«; Hunde durften vermutlich nur im Sitzen pinkeln. Fairerweise muss man sagen, dass die Strafen für Verstöße sich im Rahmen hielten.

Bei manchen Machos wird ihr Verhalten damit erklärt, dass sie in Familien aufwuchsen, in denen alle weiblichen Mitglieder sie umsorgten und vergötterten. Hemingway wuchs in einem Haushalt mit überwiegend Frauen auf. Der lang ersehnte kleine Bruder Leicester kam erst zur Welt, als Ernest schon auf der High School war. Dass Leicester später berichtete, Ernest habe ihm die Windeln gewechselt, dürfte diesem nicht gefallen haben, aber zum Glück weilte er da schon nicht mehr unter den Lebenden.

Hemingway wurde von seinen vier Schwestern – und erst recht von seiner Mutter – weder verwöhnt noch angehimmelt. Mit seiner Mutter lag er früh im Clinch. Der Vater, breitschultrig und ansehnlich, bei der Eheschließung noch als gestandenes Mannsbild gefeiert, hatte bald mit Selbstzweifeln und psychischen Problemen zu kämpfen. Am meisten litt er wohl darunter, dass er gar nicht zugeben durfte, überhaupt welche zu haben.

Über seine sexuellen Eroberungen setzte Hemingway diverse Legenden in die Welt. Einige waren schon damals peinlich, andere sind mittlerweile nur noch lächerlich.

Die Geschichte, wie er seine Unschuld verlor, geht so: Ernie war sechzehn und er war im Wald. Und dann war da noch ein Indianermädchen, dreizehn Jahre alt. Seine Eltern waren dagegen, und auch ihre Eltern mochten den weißen Jungen nicht. Als sie ihre Hand in seine Hosentasche steckte, war klar, was da abgehen sollte, und als sie sich vom Waldboden wieder erhoben, war der junge Ernie ein »Mann«.

Worauf sich die Frage stellt: Ist all die Jahre wirklich niemandem aufgefallen, dass dies einfach nur der Plot von *Romeo & Julia* ist, verlegt in den amerikanischen Mittelwesten? Aber wenn die Geschichte wahr gewesen wäre, hätte Ernies geballte Manneskraft nicht dazu führen müssen, dass aus der Verbindung ein neuer Stamm entspringt, so mächtig, dass er heute mindestens eines, wenn nicht sogar zwei Spielcasinos besäße?

Eine weitere beliebte Legende spielt in Taormina auf Sizilien, wo Hemingway nach seinem Genesungsurlaub 1918 Freunde besuchte. Doch statt bei den Freunden landete er im Schlafzimmer einer liebestollen Gräfin, die eine Woche lang seine Klamotten versteckte und ihn erst wieder freiließ, nachdem er sie wunschlos glücklich gemacht hatte.

Aber warten Sie, es kommt noch besser. Als die beiden im Afterglow ihrer vermutlich millionsten Vereinigung auf dem Bett liegen, kommt der Gatte der Gräfin nach Hause, ein Frontsoldat auf Heimaturlaub.

Die Gräfin springt aus dem Bett, verführt ihren Gatten und lenkt ihn so ab, auf dass Ernie durchs Schlafzimmerfenster entfliehen kann.

Ganz ehrlich – wer so etwas glaubt, der kauft auch Gebrauchtwagen mit elf Jahren TÜV. Was ich allerdings sofort glauben würde, ist, dass Hemingway im Hospital in Mailand ein Band mit *Commedia-dell'arte*-Stücken auf den Kopf gefallen ist. (Nur der Vollständigkeit halber: Mittlerweile gilt es als gesichert, dass er in der fraglichen Woche einfach nur Angeln war.)

Zu seiner Verteidigung lässt sich hier anführen, dass die Ursprünge der Geschichten vermutlich harmlose Kneipenflachsereien waren. Erst als Hemingway merkte, dass die Leute ihm solche Histörchen tatsächlich abkauften, baute er sie in seine Legende ein und verlieh ihnen den Anschein von Realität.

Ernest war von Jugend an darauf bedacht, reifer zu wirken. Vor seinen Freunden machte er sich schon früh ein paar Jahre älter. Als er mit zweiundzwanzig Hadley heiratete – die ihrerseits ein paar Jahre älter war als er –, erzählte der Bräutigam allen, er sei längst dreißig. Die meisten seiner Freunde aus der Jugendzeit hatten im Gegensatz zu ihm bereits einiges erlebt. So kann man ihm zugutehalten, dass viel von seiner Gockelei nur der Gier nach Anerkennung geschuldet war. Er wollte in den Club der Großen aufgenommen werden. Und wenn die anderen ihn erst mal mitspielen ließen, dann konnte Ernest ja beweisen, was für ein toller Kerl er war.

War Hemingway aber erst mal in einer Gruppe akzeptiert, setzte er alle Kräfte in Bewegung, um an die Spitze zu gelangen. Sein beliebtestes Mittel bestand darin, dem Rest der Menschheit die Welt zu erklären. Hemingway war ein früher Meister des Mansplaining, und selbst heute hätten die Besten gegen ihn wohl kaum eine Chance.

Wenn Ernest Hemingway nach Schruns in die Berge fuhr, dann nicht zum Skifahren. Er fuhr dorthin, um seiner Begleitung zu zeigen, wie Skifahren funktioniert. Ging es zum Rodeln in die Schweiz, lief es genauso. Es wurde nicht gerodelt, sondern von Ernest gelernt, wie man das richtig macht. Und mit etwas Glück kam hinterher noch ein Zeitungsartikel darüber, wie Ernst wissbegierigen Mitmenschen das Rodeln beigebracht hat, nebst einem kurzen Vortrag über richtiges Rodeln.

Genauso wurde beim Boxen, Schwimmen, Angeln, Hochseefischen, Stierkampfzusehen, Pferdewetten und vielen anderen Dingen verfahren. Hemingways pädagogischer Eros war gewaltig, und wenn Ernest Higgins eine passende Eliza Doolittle – egal welchen Geschlechts – gefunden hatte, kannte er weder Feierabend noch Wochenende.

Die Umwelt reagierte darauf unterschiedlich. Für manche war die Dauerpräsenz des Erklärbären nervig. Vor allem, wenn die Erklärungen in nichtssagendes Geblubber mündeten. Andere wiederum fanden es sehr angenehm, einen unangefochtenen Meister an ihrer Seite zu haben, der scheinbar für jedes Problem eine Lösung wusste. Sie waren auch gern bereit, ihm die nötige Bewunderung zu zollen. Aber auch das war nicht ohne Tücken.

Denn erstens musste das Lob aus kundigen Mündern kommen. Einfach nur zu sagen: »Toll, Ernie. Super«, oder etwas Ähnliches, reichte nicht. Die Lobenden sollten zumindest die Anfangsgründe des Themas beherrschen, denn nur dann war ihr Lob etwas wert.

Skrupelloses Einschmeicheln war genauso falsch. Nach dem Zweiten Weltkrieg erschien sein Roman *Über den Fluss* *und in die Wälder,* von dem wir uns für den Titel dieses Buches inspirieren ließen. Allgemein zählt er zu seinen schwächeren Romanen, man spricht von Alterswerk mit der Betonung auf *alt.* Die Rezensionen waren denn auch verheerend, aber ein Rezensent von der *New York Times* dachte, er könne sich einschleimen, und lobte das Buch. Genial. Fabelhaft. Die beste Prosa der englischen Sprache seit 1616.[*] Und noch ein paar Befunde in ähnliche Richtung. Danach war Hemingway so wütend, dass er am liebsten die Redaktion gestürmt hätte.

Es dem Meister aus Bewunderung gleichtun zu wollen war allerdings auch ein Fehler. Denn wenn Hemingway den Atem der Konkurrenz im Nacken spürte, wurde er kiebig. Und für Hemingway war so gut wie alles ein Wettbewerb.

Als er sich damals in Petoskey für seinen Traum vom Schriftstellerleben in die Sielen warf, spielte er nach getaner Schreibarbeit mit Irene Goldstein Tennis. Irene war die Tochter des örtlichen Kaufhausbesitzers, und manche sagten, sie sei das schönste Mädchen der Stadt. Hemingway erzählte Hadley, Irene habe ihm einen Heiratsantrag gemacht, aber da er schon an Hadley versprochen sei, habe er Irene zurückgewiesen. Irene ihrerseits fand Ernest ganz nett, aber sie konnte sich nur daran erinnern, dass sie mit ihm Tennis gespielt hatte. Das war schon anstrengend genug. Lag Hemingway zurück oder unterlief ihm ein Doppelfehler, dann schmiss er das Racket durch die Gegend oder stampfte mit dem Fuß auf.

Auch für Hemingway selbst hatte der Drang, allen und jedem die Welt erklären zu wollen, Tücken. Jeden Tag konnte jemand auftauchen, der ihn ausstechen würde.

---

[*] Todesjahr eines Zeitgenossen des bekannten englischen Dichters Christopher Marlowe.

Hemingways Boxlektionen begannen im Wesentlichen mit der harmlosen Frage: »Soll ich dir zeigen, wie man einen Aufwärtshaken schlägt?«

Nur mal angenommen, er wäre an einen Gegner vom Kaliber Mike Tysons geraten ... Ein gefisteltes »Ja, gern« und ein paar dumpfe Schläge wären wahrscheinlich das Letzte, was wir von Hemingway gehört hätten.

Deshalb musste sich Hemingway immer wieder pushen, um den anderen mindestens eine Nasenlänge voraus zu sein, verbunden mit den Zweifeln, letztlich doch nicht zu genügen oder am Ende als Hochstapler oder Schwätzer enttarnt zu werden. Dennoch konnte er von der Schulmeisterei nicht lassen.

Unbestritten ist, dass Hemingway wohl schon in jungen Jahren auf Frauen, ob jung, ob alt, attraktiv wirkte. Verbunden mit seinem Talent für Showbusiness dürfte er da auch manches Mal Erwartungen geweckt haben, von denen er noch nicht einmal wusste, wie man sie erfüllte. Agnes von Kurowsky (trotz des deutsch klingenden Namens eine Amerikanerin), als Krankenschwester Vorbild für Catherine in *In einem anderen Land*, schrieb ihm einen Abschiedsbrief, er sei zu jung für sie. (Die meisten von Hemingways frühen Frauen waren älter als er.) Hemingway war am Boden zerstört. Er hatte an Ehe gedacht. Der Korb wurmte ihn noch Jahre danach. Für ihn war Agnes »the one who got away«. Schließlich war er überzeugt: Wäre er wirklich schon der Schriftsteller gewesen, der er vorgab zu sein, er hätte sie halten können.

XV Vier Hochzeiten und ein Todesfall

Eine andere Sache sind die Ehen. Ja, Hemingway war vier Mal verheiratet, aber man kann nicht alle Ehen über einen Kamm scheren. Man weiß ja nicht mal, wie Hemingways Verhältnis zur Institution der Ehe tatsächlich war. Nachdem sich Hemingway von seiner ersten Frau Hadley getrennt hatte, konvertierte er zum Katholizismus, worauf er prompt noch zwei weitere »Bünde fürs Leben« gegen die Wand fuhr. (Hemingway beschrieb später seine Glaubensrichtung als »Katholizismus mit erklärenden Zusätzen«. Das trifft es wohl ziemlich gut.)

Seine erste Frau lernte Hemingway über seine Freundin Katy Smith kennen. Katy wurde später Mrs. John Dos Passos, und eigentlich hatte sie gedacht, dass es mit ihr und Hemingway etwas werden könnte, aber dann machte sie den Fehler, Ernest ihrer Freundin Hadley vorzustellen, und der Rest ist, wie man so schön sagt, Geschichte.

Zuneigung dürfte es zwischen ihnen gegeben haben, aber die Heirat war für beide vor allem ein Mittel, aus ihren beengten Verhältnissen herauszukommen. Wie Hemingway litt Hadley unter einer dominanten Mutter und einem schwachen Vater. Sie wollte weg von ihrer Familie. In einem Brief an Ernest schrieb sie: »Wir kommen beide aus einem Gefängnis, gemeinsam können wir entfliehen.« Ob das Leben in Paris nach ihren Vorstellungen war, ist fraglich.

Pauline Pfeiffer war dreißig Jahre alt, als sie Hemingway traf, damit fiel sie in der damaligen Zeit schon in die Kategorie »spätes Mädchen«. Dessen ungeachtet beeindruckt die Raffinesse, mit der sie Hemingway an Land zog. Pauline kam mit ihrer Zwillingsschwester Virginia (Spitzname »Ginny«) nach Paris. Gemeinsam sollten die beiden Frauen eine Art Edelpraktikum bei der *Vogue* antreten. Der Vater der beiden war sehr reich, grob geschätzt gehörte ihm halb Arkansas, dennoch war der Ausflug zu der Zeitschriftenredaktion mehr als eine Marotte, Pauline hatte vorher als Reporterin für verschiedene Zeitungen gearbeitet.

Pauline (Hemingways Spitzname für sie: »Fife«) befreundete sich mit Hadley, nur konnte sie vorgeblich nicht verstehen, wie diese es mit einem Kerl aushielt, der oft Tage unrasiert und ungeduscht im Bett herumlag. Was fand Hadley nur an dem Typen? Spätestens jetzt hätten bei Hadley alle Alarmglocken schrillen müssen.

Es sollte nicht lange dauern, bis sie diese Frage aus erster Hand beantworten konnte. Vorher unternahmen die Zwillingsschwestern mit Hadley eine Tour zu den Loireschlössern in Ginnys schickem Peugeot. Sie wurden richtig gute Freundinnen und hatten keine Geheimnisse voreinander. Alsbald zog Hemingway bei Hadley aus, Pauline und Ernest zogen zusammen. Für kurze Zeit bestand eine etwas seltsame Ménage-à-trois an der Côte d'Azur, dann gab Hadley Ernest frei.

Aus Paulines Sicht hätte es die perfekte Ehe werden können. Sie war bereit, für Hemingway allein den Job zu machen, den sich bei Thomas Mann Gattin Katia und Tochter Erika teilten: finanzieller Rückhalt *und* Beistand in Sachen Lektorat. Wofür sie durchaus qualifiziert war. Doch für Hemingway hätte das bedeutet, sich einzugestehen, dass er im Begriff war, die Ehe seiner Eltern nachzuspielen. Ein nach außen stark wirkender Mann unter der Fuchtel seiner Frau. Es ist wohl kein Zufall, dass die Hoch-Zeit des Groß-wild jagenden, Meeresfische fangenden, Stierkämpfer beju-belnden Hemingway in die Ehe mit Fife fällt.

Die letzten beiden Ehen unterscheiden sich von den ers-ten insofern, als Hemingway hier der Star war. Nun war er für Goldgräberinnen attraktiv.

Die Beziehung mit Martha Gellhorn war vermutlich der einzige Versuch einer Ehe auf Augenhöhe. Martha spielte zwar nicht als Schriftstellerin in einer Liga mit Hemingway, als Journalistin hingegen war sie ihm überlegen, und Ernest war kein Mann, der so etwas widerspruchslos akzeptierte. Marthas Mutter gehörte zu den ersten Suffragetten in den Vereinigten Staaten, ihr Vater war Gynäkologe, was Insider zu schlechten Scherzen animieren könnte. Wenn Sie wis-sen wollen, warum, folgen Sie dem Hinweis unter Jeffrey Meyers' Buch bei den Literaturtipps.

Wirklich leidenschaftlich war die Beziehung wohl nur, solange Martha und Ernest ihre jeweiligen Partner betrogen, die Ehe dagegen wurde bald zum Fiasko. Da Martha Gell-horn ihren Exgatten um fast vier Jahrzehnte überlebte und selbst schreiben konnte, hatte sie genügend Gelegenheit, ihre Position zu verbreiten und sich in einem guten Licht darzustellen. Aber in manchen Momenten waren die beiden mit Sicherheit ein Paar, das sich so was von verdient hatte. Sie schenkten sich nichts.

Martha Gellhorn starb kurz vor der Jahrtausendwende, auch hier gab es eine makabre Pointe. Wie Ernest verübte Martha Selbstmord. Im Alter war sie fast völlig erblindet, ein Schicksal, vor dem Hemingway sich so sehr gefürchtet hatte, dass es für ihn ein Grund war, sein Leben zu beenden.

Mary, die vierte und letzte im Bunde, war bereit, in Ernest all das zu sehen, als was er gesehen werden wollte, der Übervater, der Mega-Mann, nur leider war es nun schon so, dass bei dem lebenden Denkmal an vielen Ecken der Putz bröckelte.

Unterm Strich bleibt also jede Menge Stoff für Klatsch und Tratsch, und es gibt genug Interesse, die Hemingway-Legenden am Leben zu erhalten. Die Söhne zum Beispiel wurden beim Erbe eher gering bedacht; dass sie versuchten, nach dem Ableben des Übervaters aus ihrem Namen Kapital zu schlagen, ist nachvollziehbar.

Bei all dem sollte man aber auch sehen, es gibt einen Satz, der bei der Beschreibung der Hemingway'schen Familienverhältnisse immer wieder auftaucht: Wenn es gut war, dann war es das Beste der Welt. Dann war Ernest der beste Vater, der beste Gatte und – warum auch nicht – der beste Liebhaber des Planeten.

Es war halt nur leider nicht immer gut.

XVI Urlaubsreif

Am Ende des Jahres wird Hemingway seinem Chef John Bone schreiben, dass er 1922 für den *Star* mehr als zehntausend Meilen herumgereist ist. Das scheint eher eine Untertreibung zu sein. Allein in der ersten Hälfte war Hemingway fast nur unterwegs. Im Januar ging es in die Schweiz, im Februar nach Spanien, im April nach Genua, um von der dort stattfindenden Friedenskonferenz zu berichten. Im Juni dann wie bereits berichtet noch einmal nach Italien. Und das war nur das erste Halbjahr. Im zweiten kommen noch Deutschland, die Türkei und Griechenland hinzu. Zum Abschluss wieder die Schweiz.

Im Sommer 1922 ändert Hemingway seine Schreibroutine. Von nun an steht er sehr früh auf, um beim ersten Licht des Tages Zeilen zu Papier zu bringen. Diesen Tagesablauf behält er im Wesentlichen bis zum Ende seines Lebens bei, aber selbstverständlich gibt es Ausnahmen. Eine ist der 14. Juli, der französische Nationalfeiertag. Der Sturm auf die Bastille wird in Hemingways Viertel mit Partys und Musikkapellen gefeiert, die zu den Klängen von Akkordeon, Trommeln und allen möglichen Blasinstrumenten durch die Straßen ziehen. Hemingway lässt das Schreiben Schreiben sein und mischt sich unter die Massen. Mit seinem gestreiften bretonischen Fischerhemd und der Baskenmütze kann er fast als Einheimischer durchgehen.

Hadley ist von dem Volksfest genervt, am Ende sind beide urlaubsreif.

Auf Anregung von Lewis Galantière beschließen sie, diesmal Urlaub in Deutschland zu machen, gleich hinter der neu gezogenen Grenze im Schwarzwald. Damit es nicht so einsam wird, überreden sie zwei weitere Paare mitzukommen. Billy Bird und seine Frau Sally, Lewis Galantière und dessen Freundin Dorothy Butler.

Wenn man Bill Bird[*] sucht, kommen auf Google heute nur noch Bilder mit Vogelschnäbeln. Aber 1922 war Bird Teil des »Expats«-Zirkels, wenn auch nicht unbedingt in der ersten Reihe. Bird hatte seine Zelte etwas weiter draußen aufgeschlagen, am Quai d'Anjou 29. Er arbeitete für die Consolidated Press Agency, nebenbei hatte er ebenfalls literarische Ambitionen. An seinem Wohnsitz gründete er die Three Mountains Press. Der Kleinverlag war ein ehrgeiziges Unternehmen, die Bücher des Verlags wurden tatsächlich vom Chef selbst auf der Handpresse gedruckt. Später vermietete er seine Büroräume an die *Transatlantic Review,* für die auch Hemingway arbeitete, der sich bald mit dem Herausgeber Ford Maddox Ford zerstritt. Nach dem Zweiten Weltkrieg ging Bird nach Marokko, um in Tanger eine Zeitschrift herauszubringen. Wenn man sich ins Gedächtnis ruft, weshalb William S. Burroughs nach Marrakesch ging, kann man vermuten, dass es wohl auch Bird nicht nur darum zu tun war, die Nachrichtenlage im Königreich zu verbessern.

Hemingway und Bird hatten sich auf der Konferenz von Genua im Frühjahr kennengelernt, Bird sollte im nächsten Jahr dabei sein, als Hemingway in Pamplona seine Vorliebe für Stierkämpfe entdeckte. Hemingway mochte ihn, nicht

---

[*] »bird bill«, engl. Vogelschnabel

zuletzt weil Birds Kleinverlag eine Möglichkeit bot, seine Werke unters Volk zu bringen.

Lewis Galantière war ein Freund des Schriftstellers Sherwood Anderson. Was aber Galantière nicht davor bewahrte, Opfer von Hemingways Bildungswahn zu werden.

»Soll ich dir zeigen, wie man boxt?«, hatte Hemingway den Freund bald nach seiner Ankunft gefragt, und Lewis sagte leichtsinnigerweise Ja. Galantière war einen Kopf kleiner als Hemingway und hatte mit seinen Armen auch eine kürzere Reichweite. Normalerweise würde man zwei so unterschiedliche Kontrahenten niemals in einen Ring steigen lassen. Aber Hemingway sah das anders, Galantières körperliche Handicaps hielten den kommenden Großschriftsteller nicht davon ab, den Gefährten nach allen Regeln der Kunst zu vermöbeln. Bis Galantières Brille zu Bruch ging.

Dorothy Butler war die sechste im Bunde. Sie war Galantières Verlobte, und aus irgendwelchen Gründen konnte Hemingway Dorothy nicht ausstehen. Er war nicht nur von seiner Beziehungskompetenz überzeugt, sondern glaubte, Sparringspartner Lewis wäre ohne Dorothy viel besser dran. Und auch für Dorothy hatte der Meister trotz aller Abneigung ein paar weise Worte parat: »Nicht dass wir uns falsch verstehen. Ich habe dich nur geküsst, um Lewis eifersüchtig zu machen. Das hatte gar nichts zu bedeuten.«

Über diese Worte des Dichters musste Dorothy lange nachdenken. Denn sie erinnerte sich nicht, jemals mit Hemingway herumgeknutscht zu haben. Solche Erfahrungen hatten schon einige Frauen vor ihr gemacht (vergleiche Irene Goldstein).

Der Plan für den Urlaub war einfach. Sie wollten durch den Schwarzwald wandern, Forellen fischen und in Landgasthäusern übernachten. Die Erwartungen waren nicht bei allen Beteiligten gleich. Hemingway erhoffte sich ein Abenteuer, den anderen war wohl mehr nach einfacher Erholung mit Abhängen und Faulenzen zumute. Einig waren sich alle Beteiligten jedoch in einem Punkt. Es würde der billigste Urlaub ihres Lebens werden.

Am 1. August 1922 bekamen die Amerikaner in den Wechselstuben 659,15 Mark für einen Dollar, am 31. August, als sie sich auf die Heimreise machten, gab es 1617,95 Mark. Damit war das Ende noch längst nicht erreicht. Die Mark sollte in den folgenden Monaten immer weiter an Wert verlieren, bis am 20. November 1923 für einen Dollar 4200 Milliarden Mark gezahlt werden mussten. Dann wurde die Rentenmark eingeführt, und schließlich zog Stabilität ein, bis am Ende des Jahrzehnts die Weltwirtschaftskrise zuschlug. Aber da weilte Hemingway längst wieder auf dem heimischen Kontinent.

Die Reiseroute 1922 war klar. Die Sommerfrischler wollten von Paris nach Straßburg und von dort weiter mit dem Zug nach Triberg fahren. Eine Zugfahrt von der Hauptstadt ins Elsass dauerte zehn Stunden, die Weiterreise nach Triberg noch mal fünf.

Bill Nash, ein Kollege von der *Chicago Daily News* schlägt einen Flug nach Straßburg vor. Der würde nur zwei Stunden dauern. Hadley ist Feuer und Flamme, sie ist noch nie in ihrem Leben geflogen. Hemingway zeigt sich skeptisch, aber als er hört, dass das rumänisch-französische Joint Venture keine rumänischen Piloten beschäftigt – tja, vorurteilsfrei war Ernest nicht gerade –, zückt er seinen Presseausweis und bezahlt für die Tickets jeweils hundertzwanzig Francs (zu dem Zeitpunkt knapp zehn Dollar) im heruntergewirtschafteten Büro der Airline in einer Nebenstraße der Avenue de l'Opéra. Er braucht nur zwei Tickets, denn die anderen beiden Pärchen ziehen den Zug vor.

Tag der Abreise ist der 3. August. Die Hemingways torkeln um vier Uhr morgens aus dem Bett und fahren durch die menschenleeren Straßen von Paris mit dem Taxi nach Le Bourget. Die unchristliche Frühe hat einen Vorteil: Es ist noch kühl in Paris. Der ganze August wird stickig und heiß, im Schwarzwald hingegen werden die Urlauber fast durchgehend Glück mit dem Wetter haben. Angenehme 20, 21 Grad, mit ein paar Ausreißern in Richtung 27 Grad, dazwischen nur ein paar Regentage.

Am Flugzeug angekommen verstauen die Hemingways ihre Umhängetaschen unter den Sitzen, stopfen sich Baumwolle in die Ohren und nehmen in der offenen Maschine Platz. Sie sind die einzigen Passagiere.

Der Pilot, ein plattnasiger Kerl in Schaffelljacke, mit einer Fliegerbrille auf der Lederkappe, weist Ernest während des Fluges auf diverse Sehenswürdigkeiten hin. Als sie die ehemaligen Schlachtfelder vor Paris überfliegen, dreht sich Ernest zu seiner Gattin um und bemerkt verwundert, dass sie eingeschlafen ist. Möglicherweise hat sie sich aber auch nur schlafend gestellt, denn sie weiß, welchen Redefluss der Anblick von Schlachtfeldern bei ihrem Gatten auslösen kann.

Bald geht im Osten die Sonne auf, die Maschine fliegt streckenweise sehr tief, manchmal scheint sie über Bäume und Wäldchen zu hüpfen. Aber außer einem penetranten Gestank nach Rizinusöl gibt es aus Sicht von Hemingway nichts zu beanstanden.

Die Landung verläuft ohne Probleme, das Ehepaar verabschiedet sich vom Piloten. Bis die anderen vier eintreffen, schlendert man noch ein bisschen durch die Stadt. Hemingway ist sehr angetan von Straßburg, er fühlt sich wie in einem Märchen der Brüder Grimm. Am Abend speist man zu sechst in der *Maison Kammerzell*, die vor ein paar Jahren noch Haus Kammerzell hieß und auf Elsässisch wohl immer Kammerzellhüs heißen wird.

Passend zum Urlaubsprogramm gibt es Bachforelle, dazu Rheinwein. Anschließend wechseln die Gäste zu Zwetschgenschnaps, dessen Name von Hemingway korrekt als »Quetsch« nach Nordamerika übermittelt wird. Dann überschreiten die drei Paare die Grenze, und endlich kann das eigentliche Urlaubsabenteuer beginnen.

XVII »Ve wishen der fischenkarten«

Heute ist Freiburg eine florierende Stadt wohlig eingebettet im Dreiländereck. Wenn man auf der A5 südwärts fährt, überholen auf der linken Spur viele Limousinen mit holländischen und luxemburgischen Kennzeichen. Die schweren Wagen mit den gelben Nummernschildern sind unterwegs zur schweizerischen Grenze. Vermutlich, um Käserezepte auszutauschen.

Das Dreiländereck zeigt sich auch im Äther. Deutsche und französische Radiostationen wechseln sich ab. Wenn in den deutschen Sendern der Wetterbericht kommt, machen die Sprecher zwischen Baden und Württemberg eine bedeutsame Pause, damit man nicht vergisst, in welchem Landesteil man sich befindet. In der Nähe der Burda-Hochburg Offenburg laufen vermehrt Werbespots, die zur Darmspiegelung ermutigen.

In Freiburg ist man stolz auf Geschichte und Unabhängigkeit. Manche Fremdlinge konnten vertrieben werden (Preußen), mit anderen musste man sich arrangieren (Schwaben). Blickt man in Richtung Stadtzentrum, sieht man immer das Münster, blickt man stadtauswärts, sieht man überall Berge. Das historische Stadtzentrum ist liebevoll restauriert, damit es nicht gar zu romantisch wird, fügen sich in das städtische Ensemble Bauten wie das Einkaufszentrum Schwarzwald City ein. Und wann immer der ehemalige Fußballbundestrainer Jogi Löw irgendwo beim

Friseur war, wurde dieser Besuch garantiert bildlich festge-
halten und im Schaufenster dokumentiert.

Das Freiburg, das Hemingway 1922 besuchte, sah anders
aus. Die Stadt gehörte zu den wenigen deutschen Städten,
die schon im Ersten Weltkrieg Opfer eines Luftangriffs
wurden. Die Schäden waren zwar gering, aber die psycho-
logischen Auswirkungen beträchtlich. Es entstand eine
Massenpanik. Nach Kriegsende machte die Stadt eine Krise
durch, die schwerer ausfiel als im Rest Deutschlands. Durch
die Abtrennung von Elsass-Lothringen eines Teils des wirt-
schaftlichen Umlands beraubt musste man sich völlig neu
orientieren.

Dennoch kam weder das wirtschaftliche noch das kulturelle Leben zum Erliegen. In den Inseraten der *Freiburger
Zeitung* zeigte sich eine ungebrochene Geschäftigkeit. Jede
Menge offene Stellen, für Mädchen und Dienstboten, aber
auch andere Berufe waren vertreten. Darüber hinaus wurden
Prokuristen, Vertreter und Firmenchefs gesucht, außerdem
gab es überraschend viel Kultur und Mode. Nur in Geldfra-
gen zeigten sich die harten Zeiten überdeutlich. Darlehen
und Preise für höherwertige Güter wurden zunehmend in
ausländischer Währung aufgerufen.

Als Fortsetzungsroman erschien *Überflüssige Töchter* von
Marie Diers, einer Schriftstellerin, die in vielerlei Beziehung,
vor allem aber stilistisch wie ein Gegenentwurf zu Hemingway wirkt: »In seinen letzten Worten, da lag etwas, wonach
sie gehungert hatte in all diesen Wochen.«

Wie lange Hemingway in Freiburg verweilte, wissen wir
nicht, aber dass er da war, ist dokumentiert. Denn er kaufte
für den Spottpreis von hundert Mark einen Hut, den er mit
einem Clip (weitere fünfzehn Mark) an seiner Jacke befes-
tigen konnte. Als er ihn ein Jahr später in Toronto auf der
Tram trug, erregte er damit einiges Aufsehen.

Es gibt in der Innenstadt im Hotel Victoria auch eine Hemingway Bar, aber wer vermutet, das sei ein plumper Versuch, von dem berühmten Namen zu profitieren, irrt. Die Gründer der Bar behaupten, dass sie mit der Tränke auch an Jack Hemingway erinnern wollen, den Erstgeborenen, der nach dem Zweiten Weltkrieg für kurze Zeit in Freiburg stationiert war. Dass der Schriftzug der Kneipe dennoch der Unterschrift des Schriftstellers und nicht der des Sohnemanns (die kennt ja sowieso kaum einer) ähnelt, muss Zufall sein.

In seinen Texten über Freiburg und den Schwarzwald hat Hemingway so gut wie alle Klischees bedient, deshalb wollen wir auf die wenigen hinweisen, die er ausgelassen hat. Er hat in Freiburg keine Bötchen durch die Bächlein getreidelt, die das Stadtzentrum durchziehen. Er ist auch nicht in ein Bächle getreten (sonst hätte er ja eine Freiburgerin heiraten müssen), es gibt nichts über Kuckucksuhren und auch nichts über Bollenhüte. Das war es schon. Manchmal muss man auch für Weniges dankbar sein.

Die Fahrt mit dem Zug von Straßburg nach Triberg dauert wie erwartet fünf Stunden, mehr als doppelt so lange wie der Flug von Hadley und Ernest. Was auf Hemingways Laune schlägt. Aber der Hauptvorwurf, den Hemingway dem Schwarzwald macht, lautet: Er ist nicht Michigan. Hemingway hat sich von dem Namen Schwarzwald in die Irre leiten lassen. Er erwartete einen düsteren Wald, nebelverhangen und sagenumwoben, wie die Gegend ausgesehen haben mag, als Hermann der Cherusker mit seinem Stamm durch die Auen zog und die Römer noch weit davon entfernt waren, einen Limes zu bauen.

Stattdessen findet Hemingway eine seit Jahrhunderten zivilisierte, kultivierte Gegend mit einem dichten Eisenbahnnetz vor, und wann immer sie sich auf den Weg machen, treffen die sechs Amerikaner Deutsche, die sich ebenfalls auf Wanderschaft begeben haben und auf vielerlei Art Hemingways Abscheu erregen. Sie sind laut und tragen so kurze Hosen, dass ihre Knie hervorblitzen. An ihren Rucksäcken baumelt blechernes Kochgeschirr, das bei jedem Schritt scheppert wie Kuhglocken. Darüber hinaus verzieren die Deutschen ihre komischen Hüte mit komischen Federn.

Nun dürfte selbst Hemingway nicht ernsthaft in einer europäischen Kulturlandschaft eine raue Wildnis erwartet haben, aber dass er sich – mal wieder – um das Abenteuer betrogen fühlt, ist nicht überraschend. Da gondelt er um die ganze Welt, und am Ende landet er wieder an Plätzen, die ihn – wie subtil auch immer – an Oak Park erinnern. Doch es dauert nicht mehr lange und er wird erkennen, wo er seine Sehnsuchtsorte finden kann.

Trotz aller Ernüchterung, in gewisser Weise ist Hemingways Schwarzwald ein magischer Ort. Befindet sich der Trupp Amerikaner auf dem Weg zu einem Gasthof, schildert der Dichter die Umgebung als eine verweichlichte, weibische Affäre, die unter jedem Tritt des echten Mannes aus Amerika geradezu furchtsam zusammenzuckt.

Werden die Reisenden jedoch an einem Gasthof abgewiesen, zeigt der Schwarzwald sein heimtückisches Gesicht. Die Wanderwege verwandeln sich plötzlich in weiß glühende lange, einsame Wüstenpfade. Die Sonne brennt unbarmherzig herab wie über dem Llano Estacado, und hinter jedem Busch könnte ein feindlich gesinnter Einheimischer lauern.

So richtig funkt es nicht zwischen Ernest und den Schwarzwäldlern. Er wird mit Mistgabeln verjagt, manchmal einfach nur beschimpft. Auch seine Versuche, mit dem idiotischen Kriegsschrei »Ve wishen der fischenkarten« die Bürgermeistereien zu stürmen, enden wenig erfolgreich. Man sollte meinen, dass die Einheimischen freundlich

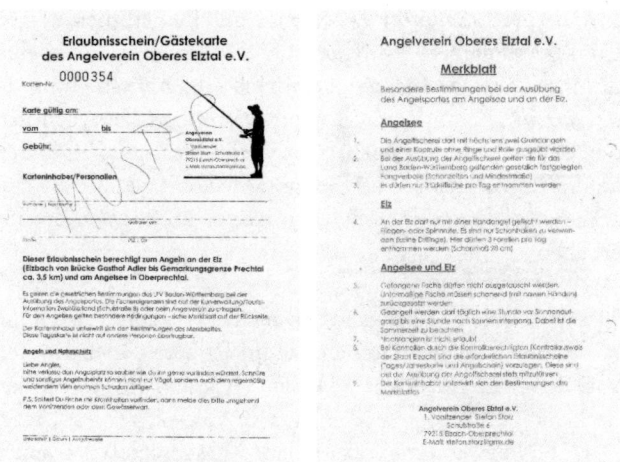

Wovon der Literaturnobelpreisträger vergeblich träumte:
eine Angelerlaubnis aus Oberprechtal.   Quelle: Tourist-Info Elzach

reagieren, schließlich sind ihnen Probleme mit dem Hoch-
deutschen nicht sooo fremd, doch Hemingway kann trotz
all seiner Sprachgewalt keine Angelberechtigung erwerben.
Schließlich muss seine Frau Schmiere stehen, während er
im Bach angelt.

Aber dann gelingt es doch noch, an der Elz an einem Bir-
kenhain eine Strecke privat zu mieten (Kostenpunkt dem
Vernehmen nach tausendzweihundert Mark). Sally und
Dorothy fangen nichts, von Bills und Lewis' Anglerglück ist
nichts überliefert, aber Hadley holt gleich beim ersten Versuch drei Fische aus dem Wasser. Und Hemingway immerhin einen.

Falls Sie einmal das Gefühl auskosten wollen, mehr im
Leben erreicht zu haben, als Nobelpreisträger Hemingway
je zu träumen wagte, holen Sie sich eine Angelberechtigung.

In Oberprechtal kostet das begehrte Dokument heute zwölf Euro (nach derzeitigem Kurs 13,68 Dollar). Man muss allerdings nachweisen können, dass man vom Angeln etwas versteht. Eine Bedingung, die Sinn ergibt, denn letztlich handelt es sich beim Angeln um eine Form der Jagd. Zumindest an dieser Forderung wäre Hemingway nicht gescheitert, was sein Angel-Know-how betrifft, war er über jeden Zweifel erhaben.

Mit dem Urlaub läuft es fortan nicht wie geplant. Hemingway fühlt sich beim Fischen wie im Paradies, aber der Rest vom Team hat auf Angeln keinen Bock und will lieber wandern.

Unterwegs kommt es zu einem Missgeschick. Vielleicht ist er ein paar Schritte rückwärtsgelaufen, möglicherweise auch einfach gestolpert, jedenfalls kollidiert Hemingway beim Wandern mit einem auf dem Boden liegenden Baumstamm und packt sich nach allen Regeln der Kunst auf den Hintern. Die Schmerzen in der Steißbeinregion sind schier unerträglich.

Wir wissen, wie ein Hemingway-Held sich nach so einem Zwischenfall verhalten hätte. Und wir ahnen, wie sich der Schöpfer des Hemingway-Helden benimmt.

Hemingway fängt sich eine schwere Männergrippe ein, hütet tagelang das Bett und verweigert die Nahrungsaufnahme. Als die anderen es wagen, sich über ihn lustig zu machen, werden sie mit Schweigen gestraft, später mit bitteren Vorwürfen überhäuft. Anstatt sich zu amüsieren, hätten sie an dem Schicksal eines mit dem Tode ringenden Mannes durchaus ein wenig aufrichtige Anteilnahme zeigen können.

Doch zum Glück lassen die Schmerzen bald nach, der Appetit kommt zurück, und als Ernest wieder Forellen fischen kann, ist sowieso alles vergessen.

Über den weiteren Verlauf der Urlaubsreise gehen die Quellen auseinander. Manche sagen, die beiden anderen Paare reisten in der Mitte des Monats ab, weil ihnen das Forellenfischen nichts gab; manche meinen, die sechs wären bis zum Ende des Monats zusammengeblieben.

Sei es, wie es sei, unbestritten hat Hemingways Geist die Region geprägt. Wenn auch anders als erwartet. Seit 2012 gibt es in einem Parkhaus von Triberg einen echten Männerparkplatz. Als er eröffnet wurde, war das weltweite Medienecho riesig. Kaum vorstellbar, dass so eine Idee ohne den Genius Loci Hemingways hätte realisiert werden können. Und er hinterließ noch mehr Spuren.

XVIII Sauer-Kraut

Das Verhältnis zwischen Hemingway und Deutschland war von Anfang an zwiespältig. Die deutsche Kulturszene schloss ihn sofort ins Herz. Medien wie *Der Querschnitt* oder die *Frankfurter Zeitung* veröffentlichten Gedichte (in Originalsprache) von ihm und, mehr noch, sie zahlten ihm ein Honorar. Was an Prosa in den 1920er-Jahren erschien, wurde auch damals schon von Rowohlt publiziert, aber richtig los ging es erst nach dem Zweiten Weltkrieg, als Hemingway nicht nur zu einem viel gelesenen Autor wurde, sondern auch zu einer Stilikone – und damit ist erst in zweiter Linie sein literarischer Stil gemeint.

Auch im Schwarzwald gibt es Zeichen der Zuneigung. Anlässlich des hundertsten Geburtstags des Dichters wurde an den Wasserfällen in Triberg eine Gedenktafel eingeweiht. Darauf ist eine Forelle abgebildet samt einem Zitat aus der Kurzgeschichte *Schnee auf dem Kilimandscharo*, das auf den Angelurlaub im Schwarzwald Bezug nimmt (siehe S. 172).

Hemingways Verhältnis zu Deutschen hingegen lässt sich recht einfach auf den Punkt bringen: Alle erbärmlich außer Marlene (Dietrich). Die beiden hatten sich schon 1934 auf einem Oceanliner auf dem Atlantik kennengelernt und liefen sich seitdem immer wieder über den Weg. Gegen Ende des Zweiten Weltkriegs trafen sie sich auf dem europäischen Kriegsschauplatz, wo Hemingway als Kriegskorrespondent berichtete und Marlene mit ihren Auftritten die Moral der Truppe hob. Da die zwei sich auch liebevolle Briefe schickten, in denen Hemingway die Deutsche naheliegenderweise als »Kraut« titulierte, drängte sich eine Frage auf: Hat Marlene mit ihrem herben Stil und der kühlen Interpretation der Friedrich-Hollaender-Chansons vielleicht sogar den Stil des Literaten inspiriert?

Pah. Das interessiert doch niemanden.

Es gab nur eine Frage, die wirklich umtrieb:

Hammse, oder hammse nicht?

Antwort: Vermutlich nicht. Aber das Herumpoussieren der beiden reichte wohl aus, um die letzte Gattin Mary mehr als einmal eifersüchtig zu machen. Und Hemingway erklärte in einem Anfall von Bescheidenheit, dass es zwischen ihnen nicht zum »Äußersten« kam, weil er und Marlene immer, wenn es knisterte, gerade in einer Beziehung waren. Nun betrachtete Hemingways das sechste Gebot oft als unverbindliche Diskussionsgrundlage, aber wir wollen das alles mal so gelten lassen.

Bliebe noch die Sprache. Hat ihm wenigstens die gefallen? Zwar wird gelegentlich versucht, zu differenzieren und zu nuancieren, ob Hemingways Kenntnis des Deutschen nicht doch viel größer war als allgemein angenommen. An klaren Belegen dafür mangelt es, und dass die Brocken, die Hemingway gelegentlich in seine Werke einstreute, im Stile von »Schnell machen, Schweinhund«, eher nach einem Hollywood-Nazi klingen als nach einem Deutschen, ist da wenig ermutigend.

Zumindest bei den Texten, die Hemingway in Europa über die Deutschen verfasste, die nicht das Glück hatten, Marlene zu sein, lassen sich Verachtung und ein gewisses Ressentiment nicht leugnen. Deutsche Männer waren für Hemingway stumpf, laut, ungalant zu Frauen, sahen seltsam aus und vor allem war ihnen nicht zu trauen. Sie hatten rasierte Köpfe, trugen Lederhosen, ihr Atem stank nach – was wohl? – Sauerkraut. Handelte es sich um Journalisten, Politiker oder Gastwirte, waren sie in der Regel dick und doof. Als Hemingway im Frühjahr 1922 von der Friedenskonferenz in Genua auch aus Rapallo berichtete, sagte er über den deutschen Kanzler Wirth, dass der bei seinem Aussehen auch als Tubaspieler in einer bayerischen Blaskapelle mitspielen könnte. Die deutschen Journalisten wurden alle in Bausch und Bogen verdammt, getreu dem Prinzip: Wenn ein Journalist umso besser ist, je verrückter er aussieht, dann müsse Deutschland Spitzen-Journalisten haben.

Aber warum diese Haltung?

Eine Erklärung liefert der verlorene Krieg.

Spätestens seit 1915 ein deutsches Unterseeboot die aus den Vereinigten Staaten nach England fahrende Lusitania torpediert hatte, galten die Deutschen nicht mehr nur als Feinde, sondern als Barbaren. Dieses Verdikt wog umso schwerer, weil Deutschland vor dem Krieg als kultiviert und zivilisiert bewundert wurde. Nicht von allen, aber von ziemlich vielen.

In Nordamerika kühlten die Zuneigung und das Interesse an Deutschland ab, Abneigung kam auf, die sich in manchen Punkten bis zum Hass steigerte. Es begann schleichend. Vor dem Ersten Weltkrieg stand in Anzeigen, wenn Dienstmädchen gesucht wurden, gern »German preferred«, weil Dienstmädchen aus Deutschland einen guten Ruf hatten. Mit dem Krieg verschwand diese Formulierung aus den Annoncen. Dann verleugneten viele deutschstämmige Auswanderer ihre Nachnamen. Nicht alle, die Familie Eisenhower zum Beispiel blieb sich treu, aber andere gaben nach. Die Marx Brothers, eine Vaudeville-Truppe mit elsässischen und nordfriesischen Wurzeln, kokettierten in ihren

Shows mit ihrer deutschen Herkunft. Das änderte sich nach der Torpedierung. Die Brüder legten über Nacht ihren deutschen Akzent ab, und weil es Harpo trotz aller Bemühungen nicht ganz gelang, blieb er fortan stumm und drückte nur noch seine Hupe.

Man kann also Hemingway zugutehalten, dass er mit seinen Texten Ressentiments des heimischen Publikums bediente. Er wusste, was erwartet wurde, und lieferte. Texte von Auslandskorrespondenten sind immer auch ein Stück weit Rollenprosa.

Aber Hemingway schickte nicht nur fiese Kabelberichte nach Hause, er zoffte sich auch mit Einheimischen in den Kneipen. Und natürlich ging es dabei schnell um den Krieg. Hemingway war sehr stolz darauf, in Italien auf der richtigen Seite gekämpft zu haben. Und gewonnen zu haben. Dass die Österreicher selbst zum Zeitpunkt des Waffenstillstands am Ende des Krieges nur wenige Kilometer vor Venedig standen, focht ihn nicht an.

Das Kriegerdenkmal in Oberprechtal listet drei Spalten Gefallene aus der Zeit von 1914 bis 1918 auf (siehe S. 83). Der Schwabe Erwin Rommel, der im Ersten Weltkrieg noch nicht der Wüstenfuchs, sondern ein einfacher Kompanieführer war, hatte in dieser Zeit auf der anderen Seite der Front Hemingway gegenübergestanden. Damals verstärkten deutsche Einheiten die österreichischen Kräfte. Später wertete Rommel seine Kriegserfahrungen in einem Buch aus, in dem er erzählte, man wisse bei laufenden Italienern immer erst ganz am Schluss, ob sie angreifen oder fliehen wollten. Rommel dürfte nicht der Einzige mit solchen Erfahrungen gewesen sein. Und wenn nun ein Hemingway auf einen deutschen Veteranen à la Rommel traf, lässt sich denken, dass zwischen den beiden nicht gerade Harmonie herrschte.

Ein Drittes kam hinzu. *It's the economy, stupid.* Hemingway schrieb zwar begeistert an alle Freunde und Bekannten, wie billig durch den starken Dollar der Urlaub in Deutschland war, aber trotz aller Großspurigkeit: Er hätte es sich gar nicht leisten können, früher abzureisen. Als freier Mitarbeiter des *Toronto Star* bekam er kein Urlaubsgeld, nur die Texte wurden bezahlt, die er verkaufen konnte. Der Sommer in Paris wäre viel teurer gewesen als der im Schwarzwald. Ungeachtet aller Animositäten war Hemingway gezwungen, bis Ende August in Baden zu verharren, ob er wollte oder nicht.

All das in Betracht gezogen, relativiert sich einiges. Zudem lässt sich sagen: Schnee von gestern, Schwamm drüber, letztlich alles Pillepalle. Hastig runtergeklöppeltes Zeug, damit er schnell wieder an den Strand konnte. Vermutlich hat Hemingway selbst nie geglaubt, dass diese Texte a) in Deutschland und b) noch im nächsten Jahrhundert gelesen würden.

Aber eine Sache bleibt eben doch.

Während seiner Zeit im Schwarzwald kam Hemingway mit vier Gasthäusern in Berührung. Das erste war das Gasthaus Zur Linde, wo er kurz nach seiner Ankunft im Schwarzwald von den wütenden Besitzern verjagt wurde. Die Linde brannte in den 1980er-Jahren ab. Das zweite, das Hotel Loewen National am Triberger Markplatz, hat auch das Zeitliche gesegnet. Das dritte ist das Parkhotel Wehrle, ebenfalls in Triberg. Wenn man davorsteht, rüttelt man an verschlossenen Türen. Auf Nachfragen in der Nachbarschaft kommt nur die Bestätigung: »Ja, die haben zu.«

Warum, weiß keiner.

»Das heißt, wenn ich morgen oder nächste Woche wiederkomme, ist immer noch zu?«

»Wir würden uns freuen, wenn Sie morgen oder nächste Woche wiederkommen, aber dann wird immer noch zu sein.«

Das Rössle 1922: Wo der Gast zum Gastwirt garstig war.
Foto: Artur Vogt

Das vierte ist der Landgasthof Rössle in Oberprechtal, dessen Eigentümer auf den Schriftsteller den bleibendsten Eindruck gemacht haben. Das Hotel wird seitdem immer wieder erwähnt, und alle, aber auch alle angelsächsischen Autoren wiederholen den von Hemingway verbreiteten Unsinn, dass »Rössle« so viel heißt wie »Little Pony«. Aber das ist das kleinere Übel.

Das Rössle hat Hemingway aufgenommen, nachdem er bei der Linde rausgeflogen war. Revanchiert hat er sich mit dem Artikel »Deutsche Gastwirte«, der – vorsichtig ausgedrückt – nicht sehr nett ist, er liest sich streckenweise wie die Beschreibung eines Bildes von George Grosz, der seine deutschen Landsleute vorzugsweise als fiese Fratzen karikierte. Das Rössle ist heute noch ein Familienunternehmen, es wird von Nachfahren derer geführt, die damals das »Vergnügen« hatten, Hemingway & Co zu bewirten. Sympathische Leute, die Mühe haben, die Pöbelei zu verstehen. Kein Wunder. Der amerikanische Gast wird anderswo verjagt, irrt kilometerweit durch den Wald, wird daraufhin freundlich aufgenommen, für einen Appel und ein Ei bewirtet (bei dem Dollarkurs). Und dann macht er das Haus und seine Betreiber vor der ganzen Welt lächerlich.

Man kann es drehen und wenden, wie man will. Die Wirtsleute persönlich anzugehen war schlicht und einfach erbärmlich.

XIX Laich pflastert seinen Weg

Gemeinhin heißt es, Ernest Hemingway sei von Kindesbeinen an durch die Eltern mit der Natur vertraut gemacht worden, aber das stimmt so nicht. Das Rendezvous wurde schon vor seiner Geburt vorbereitet.

1898, ein Jahr bevor Ernie auf die Welt kam, kauften seine Eltern zweihundert Fuß Seeufer an den himmelblauen Wassern des Walloon Lake. Der Walloon liegt im Hinterland des Städtchens Petoskey, direkt neben dem großen Michigansee, hat aber keine direkte Verbindung zu ihm. Dafür hat der Walloon einen eigenen Abfluss, den Bear River, der in früheren Zeiten dem See auch seinen Namen gab. Die Gegend ist durch die Gletscher der Eiszeit geformt, so verwundert es nicht, dass der Walloon ungefähr dreißig Meter höher liegt als der benachbarte Michigan.

Damit sie auf ihrem frisch erworbenen Land übernachten konnten, erbauten die Hemingways für etwa vierhundert Dollar ein mit Schindeln gedecktes Haus. Es war zwölf Meter lang und sechs Meter breit. Nach fließend Wasser, Heizung und ähnlichen Annehmlichkeiten suchte man vergeblich, dafür boten sich Ruhe und Frieden in Hülle und Fülle.

In der Nachbarschaft lebten nur ein paar Ojibwe, Holzfäller und Schwarzbrenner. Und es fanden sich – das wurde für den jungen Ernest immer wichtiger – in der Umgebung die besten Forellenfanggründe im Land. Die Hemingways taufen ihr Häuschen »Windemere«. Ernests Mutter Grace war stolz auf ihre englischen Vorfahren, die aus der Umgebung von Sheffield stammten. Aber selbst sie konnte nicht erklären, warum die Hütte »Windemere« heißt und nicht »Windermere« wie der englische See. Über den Hintergrund gibt es viele Theorien, allerdings würde deren Erörterung den Umfang dieses Buches sprengen.

Windemere, mittlerweile mit einigen Anbauten versehen, steht heute noch. Bis zu Hemingways Tod befand es sich im Besitz des Dichters, heute gehört es weitläufigen Verwandten, die allen dankbar sind, die ihr Anwesen nicht mit einem Museum verwechseln (denn das ist es nicht, wohl aber eine »National Landmark«) und sie in Ruhe lassen.

Bei seinem ersten Ausflug an den See war Ernest sechs Wochen alt. Fielen die Geburtstage der Familie in den Sommer, gab es hier ein Fest. Ernest (* 21. Juli) hatte Glück und konnte viele Ehrentage am Walloon Lake feiern. Hatte ein Hemingway Namenstag, wurde ein Geburtstagsbaum entweder gepflanzt oder gefällt. Wonach sich das richtete, ist nicht ganz klar, vielleicht ging es einfach nach Lust und Laune.

In dieser Gegend verbrachte Hemingway die ersten einundzwanzig Sommer seines Lebens. Hier konnte er fischen, faulenzen und schwimmen, später auch trinken, flirten und kleinere Delikte begehen, die noch unter das Jugendstrafrecht fielen. Was er hier erlebte, lieferte die Grundlage für die etwa fünfundzwanzig Nick-Adams-Storys.

Die ersten Kenntnisse des jungen Hemingways über die Natur stammten aus zwei Quellen. Zum einen war da Oma Adelaide, die Gattin des politischen Sturkopfs Anson. Der Rasen vor ihrem Haus war ihr egal, und wenn die Leute sich mokierten, weil er nicht so akkurat geschnitten war wie der bei den anderen Nachbarn, dann sagte sie: »Ich ziehe Jungs groß, keine Grashalme.« Und damit war die Sache für sie erledigt. Ernie bekam von ihr jede Menge Wissenswertes über alles, was da wuchs und spross.

Die andere Bildungsquelle war Vater Clarence, der von den anderen Erwachsenen nur »Ed« genannt wurde. Sein Spezialgebiet war die Fauna.

Schon 1903 wurde Ernie Mitglied des Agassiz-Club. Sein Vater hatte den Verein höchstpersönlich gegründet, in einem ziemlich durchsichtigen Akt von Nepotismus beförderte er seinen Sohn Ernie zum Assistant Curator.

Louis Agassiz war ein amerikanischer Naturwissenschaftler, geboren im schweizerischen Freiburg, der anhand von Gletscherabschmelzungen die Konturen des später nach ihm benannten urzeitlichen Agassiz-Sees entdeckte. Der war während der Eiszeit größer als alle Großen Seen zusammen. Aber wenn es um Gletscher ging, hatte Agassiz als Schweizer natürlich einen Vorteil. Ernest blieb Clubmitglied bis 1912, dann löste sein Vater den Verein auf. Er hatte die Lust daran verloren.

Der Club beschäftigte sich mit vielen Dingen. So gab es ein Skelett, Spitzname »Suzy Bone-apart«, an dem die Kinder den menschlichen Knochenbau studieren konnten. Aber der große Hit damals war Tiere ausstopfen. Das hielt man für den besten Weg, die Natur ins Haus zu holen und den Leuten etwas über das Wildleben beizubringen. Nach der Auflösung des Clubs wechselten die Tiere in den Besitz der High School, viele Exponate gingen im Lauf der Jahre verloren. 2019 machte man einen bemerkenswerten Fund: ein Eisvogel, der eigenhändig von Ernest Hemingway ausgestopft worden sein soll. Der ist heute im Oak Park River Forest Museum zu bewundern. Wer im Ort also vergeblich nach einem Hemingway-Nachfahren gesucht hat, kann sich hier trösten.

Im Winter ging Dr. Hemingway mit seinen Kindern in das Field Museum of Natural History nach Chicago, im

Frühjahr in den Lincoln Park Zoo. Sie sammelten Artefakte, Fossilien, und wenn in der Umgebung Dinosaurierknochen gefunden wurden, besichtigten sie die ebenfalls. Da diese Funde mit der Entstehungsgeschichte in der Bibel nicht so leicht in Einklang zu bringen waren, erklärte Vater Hemingway seinen Kindern: Gott habe die Erde schon in sieben Tagen erschaffen, nur seien die Tage damals noch ein bisschen länger gewesen.

Bei den Hemingways lernten die Jungen und die Mädchen fischen und jagen. Beim Jagen war Hemingway von Natur aus gehandicapt, sein linkes Auge war viel schlechter als das rechte. Ein guter Schütze wurde er dennoch. Vater Clarence gab ihm von Anfang an als Regel mit auf den Weg: Schieße nur, was du später essen willst. Gegen diese Regel verstieß er später ziemlich oft. Aber als Kind war für ihn fischen sowieso das Größte. Darüber wusste er alles, darüber machte er niemals Witze. In seiner Jugend war eine Majorie Rump seine beste Freundin. Ihre Freundschaft begann, als sie ihm eine frisch gefangene Forelle zeigte.

Es gibt nicht viele Bilder, auf denen Hemingway unbeschwert lächelt, aber auf den Fotos im Huckleberry-Finn-Outfit mit Strohhut auf dem Kopf und Maiskolbenpfeife im Mundwinkel an einem Seeufer wirkt er geradezu grenzenlos glücklich.

Am Walloon fischte er dennoch eher selten, das war das Territorium seiner Mutter. Ernest bevorzugte die Horton Bay am Lake Charlevoix. Dass Onkel George dort eine Hütte hatte, war natürlich praktisch.

Als Teenager unternahm er mit Freunden lange Wandertouren rund um die Großen Seen. Beeindruckende Wanderungen in die Wildnis. Sie legten Hunderte Kilometer zurück, kampierten am offenen Lagerfeuer, rauchten, tranken und fischten und alberten. Und wenn Ernest sich

Die Elz, eine Welt für sich. Für Forellenfischer fast das Paradies.
Foto: Thomas Fuchs

langweilte, dann holte er seine Boxhandschuhe raus und …
(den Rest können Sie mittlerweile bestimmt selbst ergänzen).

Als Ernest und seine Freunde ein Alter erreicht hatten,
in dem sie nicht mehr umgehend aus jeder Kneipe rausflo-
gen, frequentierten sie regelmäßig den City Park Grill von
Petoskey. Das Etablissement gibt es heute noch.

Der Grill ist stilvoll eingerichtet, ein angenehmer Laden,
in dem man sich Hemingway sehr gut vorstellen kann. Wie
er sich überhaupt bei seinen Kernkompetenzen (Schreiben,
Trinken, Fischen) immer sehr geschmackssicher gezeigt
hat. An der Bar soll der zweite Hocker von links sein
Stammplatz gewesen sein. Andere sagen, der dritte. Wieder
andere, der vierte. *You get the idea* … Vor dem Tresen stehen

ungefähr ein Dutzend Hocker, und auf einem wird er schon gesessen haben. Möglicherweise hat man ihn auch gar nicht erkannt. Denn wie erwähnt, Hemingway war damals weder Star noch Ikone.

Auch der General Store von Petoskey ist ein literarisch umflorter Ort, denn er soll die Vorlage für den Laden in der letzten Geschichte »The Last Country« gewesen sein.

In seiner Jugend war Hemingway so sehr in das Fischen vernarrt, dass er sogar zu spät zu seiner Hochzeit kam, die er an der Horton Bay feierte. Danach sah er das Paradies seiner Jugend nie wieder.[*] Als Grund vermuten die Koryphäen, er habe sich das Idyll seiner Jugend bewahren wollen.

Rund um die Seen hat Hemingway an vielen Orten geangelt, vermutlich sogar an allen, die möglich waren. Für den Forellenfang hatte er seine Lieblingsflüsse wie den Pigeon oder Sturgeon River. Wenn er auf Bachforelle ging, war seine Lieblingsstelle die Tiny Shanty Bridge am Oberlauf des Black River.

So, und jetzt kommt's. Obwohl der Black River durch eine völlig andere Landschaft fließt, gibt es an ihm Stellen, die den Ufern der Elz zum Verwechseln ähnlich sehen.

Take that, Michigan.

---

[*] Einige Quellen sagen, er wäre in den 1950ern noch mal da gewesen, aber wenn, dann höchstens auf der Durchreise.

XX Fisherman's Friend

In dem Kunstlied *Die Forelle*, geschaffen von Christian Friedrich Daniel Schubart (Text) und Franz Schubert (Ton), wird berichtet, wie ein Angler am Ufer steht und eine Forelle fangen will, was nicht klappt, solange das Wasser klar ist. Sobald aber der Angler das Wässerchen trübt, ist es um die Forelle geschehen – sie zappelt am Haken. Am Schluss lassen die Schöpfer die Katze aus dem Sack, eigentlich geht es gar nicht um Fischerei und solche Sachen, das Ganze ist eine Warnung an junge Mädchen, sich nicht von bösen Buben ins Trübe führen zu lassen, sondern – diese implizierte Botschaft kann man durchaus voraussetzen – lieber etwas mit Typen anzufangen, die so richtig reimen und Akkorde in die Tasten hauen können.

Die Forelle ist ein Meisterwerk, völlig zu Recht Teil des deutschen Klassik-Kanons. Was hier als Metapher hervorragend funktioniert, ist als Naturbeobachtung ziemlich daneben. Angler, die auf Forellen gehen, fischen eben – in der Regel zumindest – gerade nicht im Trüben. Den Fisch bei bester Sicht auszutricksen macht den Reiz aus.

In Hemingways Texten zum Forellenfischen gibt es beides. Metaphern und Naturbeobachtung. Will man diese Werke würdigen, ist es hilfreich, wenn man ein wenig vom Angeln und von Forellen versteht. Leider bewegt sich der Verfasser dieser Zeilen, was das Forellen-Know-how betrifft, absolut in derselben Liga wie die Herren Schubart und Schubert. Aber man kann ja immer jemanden fragen, der sich damit auskennt.

Was nun folgt, ist ein Mix aus Gesprächen mit Menschen, die alle leidenschaftliche Forellenfischer sind, einige als Experten, andere sehen die Sache mehr als Hobby. Natürlich ist es möglich, dass sich bei der Schilderung Fehler einschleichen. Wenn das passiert, ist das einzig und allein die Schuld der Experten. Sie hätten es ja besser erklären können. (Unsinn, die Verantwortung für Fehler liegt natürlich hier.) Also:

Obwohl die meisten Menschen heutzutage ihre erste Forelle auf dem Teller in einem Restaurant antreffen, bilden den natürlichen Lebensraum der Fische Bäche und Flüsse. Die Gewässer sollten sauerstoffreich und nicht zu warm sein. Zwar gibt es mittlerweile Forellenzüchtungen, die auch im warmen Wasser überleben, aber die durchschnittliche Forelle fühlt sich dort am wohlsten, wo es dem Menschen – im Wasser zumindest – zu kalt ist. Darüber hinaus braucht die Forelle in ihrem Habitat sogenannte Gumpen. Das sind Unterwasserhöhlen unter Wasserfällen oder Landüberhängen. In diese Gumpen zieht sich die Forelle zurück, wenn sie ihre Ruhe haben will. Zu den Aufgaben des Forellenfischers gehört es, sich etwas einfallen zu lassen, wie er die Forelle aus der Gumpe kriegt.

In unseren Gewässern am meisten verbreitet ist die gepunktete Bachforelle. Wer mit nutzlosem Wissen prahlen will, kann bei dieser Gelegenheit ergänzen, dass es auch die Regenbogenforelle gibt, die aber streng genommen gar keine Forellenart ist, sondern ein Lachs. Das ist auch richtig, spielt aber im Alltag keine Rolle.

Was vielfach vergessen wird: Die Forelle ist ein Raubfisch. Sie jagt jede Menge Getier unter der Wasseroberfläche, so auch andere, kleinere Forellen. Angler berichteten mehrfach, dass sie eine Forelle am Haken hatten und während des Einholens der Schnur beobachteten, wie eine größere Forelle versuchte, die kleinere am Haken zu schnappen.[*]

Angler schätzen an der Forelle vor allem ihren Kampfgeist. Sie lässt sich nicht so einfach überlisten, und selbst wenn sie dann am Haken ist, gibt sie nicht so leicht auf. Um den Spaß am Angeln zu erhöhen, werden sogar extra Hybriden gezüchtet. Die sind ausdauernder als normale Forellen und können, wenn man sie erst mal gefangen hat, den Angler »am Ufer noch zu einer Runde Armdrücken herausfordern«.[**]

Wenn die Forelle unter der Wasseroberfläche jagt, legt sie sich auch mal wie ein Hecht in einen Hinterhalt und lauert, aber für die Fischer ist interessanter, was an der Oberfläche passiert. Im Frühjahr, wenn viele Insektenlarven schlüpfen, herrscht an der Wasseroberfläche Hochbetrieb. Die Forellen springen und versuchen, Beute zu fangen, die entweder an der Wasseroberfläche oder kurz darüber agiert.

Hierauf baut das Fliegenfischen auf. Fliegenfischen ist nach Aussage aller Beteiligten eine sensationelle Erfahrung, so intensiv, wie es sich kein Außenstehender vorstellen kann. Der Fliegenfischer fischt Forellen mit – Achtung, Überraschung – einer Fliege. Dabei handelt es sich entweder um das Imitat eines Insekts oder um eine Insektenleiche.

Wer eine Fliege kunstgerecht aufs Wasser werfen will, hat diverse Gelegenheiten, sich dämlich anzustellen. Die Schnur kann sich beim Werfen in den Bäumen verfangen. Nachdem die Schnur ausgeworfen ist, wird das Wasser mit

---

[*] Offenbar kein Anglerlatein, da es wie gesagt mehrfach berichtet wurde.
[**] Aus einer alten anglerlateinischen Schrift übersetzt.

leichten Zickzackbewegungen der Rute abgesucht, auch dabei kann man jede Menge falsch machen.

Damit die Forelle die Falle nicht gleich erkennt, hat die Angelschnur vorn ein dünneres Ende, das sogenannte Vorfach. Generell gilt folgende Faustregel: Je länger das Vorfach, desto schwieriger für die Forelle, die Falle zu erkennen. Leider gilt aber auch: Je länger das Vorfach, umso schwieriger ist es, die Schnur fachgerecht auszuwerfen. Unruhige Wasseroberflächen spielen dem Angler in die Karten, denn auch das erschwert es der Forelle, den Köder gut zu sehen.

Natürlich kann man auch am Ufer stehen und von dort aus Forellen fischen, aber das machen – wenn ich das richtig verstanden habe – nur Warmduscher. Der echte Crack steht in seiner Wathose im Wasser und wirft die Rute entweder quer über den Fluss aus (cross-stream) oder längs in Flussrichtung.

Es gibt zwei Arten von Fliegen: Nass- und Trockenfliege. Wer mit Trockenfliegen fischt, wirft den Köder flussaufwärts (upstream) aus, sodass die Forelle zwischen Angler und Fliege steht. Wenn alles gut läuft, kann der Angler wie in einem Point-of-View-Computerspiel der Forelle über die Schulter schauen, wie sie nach dem Köder schnappt und damit ihr Dasein besiegelt.

Nassfliegen werden flussabwärts (downstream) geworfen. Nach manchen Aussagen, die ich aber vorwiegend von Nassfliegenfischern gehört habe, stellt diese Fangmethode noch mal höhere Anforderungen. Trockenfliegenfischer halten dagegen und sagen: Mag sein, aber Trockenfliege macht viel mehr Spaß. Daneben gibt es auch Spinner und Nymphen als Köder, auch eine italienische Fangmethode (Sbirolino) mit Blei, aber das alles jetzt auseinanderzuklamüsern würde zu weit führen. Und heutzutage ist Forellenfischen in den Augen der meisten sowieso identisch mit Fliegenfischen.

Hemingway bevorzugte Nassfliegenfischen, und glaubwürdigen Berichten zufolge war er darin ziemlich gut. Er fischte bevorzugt downstream und cross-stream. Heutzutage ist auf der Elz Trockenfliegenfischen verbreiteter, aber da Hemingway damals seine eigenen McGinty-Fliegen mitgebracht hatte, kann man daraus schließen, dass Nassfliegenfischen genauso gut funktionieren würde. Falls diese Information für irgendwelche Insider relevant ist: Hemingway benutzte eine »Bamboo Hardy Fairy Fly«-Angelrute. Und wer nach weiteren Fachinformationen dürstet: Die Rolle war eine Hardy St George.

Fragt man, was Forellen-/Fliegenfischen so reizvoll macht, wird zuallererst der Fisch genannt. Die Forelle ist ein schöner Fisch, und sie lebt in einer attraktiven Umgebung. Wer auf Forelle geht, bekommt ein faszinierendes Naturerlebnis gratis dazu. Zudem liefert die Forelle immer einen guten Kampf. Ob es Forellen gibt, die Hemingway gelesen haben, ist nicht bekannt, aber sein Credo, »Man kann verlieren, aber man darf nicht aufgeben«, haben alle verinnerlicht.

Hinzu kommt das Angeln als Gesamterfahrung. Sobald man im Fluss steht, fällt alle Anspannung ab, die Welt ist vergessen, es ist eine Art aktive Meditation, bei der man sehr schnell eins mit der Natur wird.

Hemingways erster großer Text zum Thema Forellenfischen war die zweiteilige Erzählung *Großer doppelherziger Strom (Big Two-Hearted River)*. Den Two-Hearted River gibt es wirklich, er fließt am oberen Ende der Halbinsel, die die Landmasse Michigan ausmacht. Als Fischfanggrund war der Two-Hearted River eher bescheiden, aber Sie glauben doch auch nicht ernsthaft, dass ein passionierter Fischer wie Hemingway in einer Erzählung seine wahren Jagdgründe preisgibt? Vorbild für den doppelherzigen Fluss in der Geschichte ist der Fox River, der ganz in der Nähe fließt.

Natürlich geht es in der Geschichte um viel mehr als Forellenfischen. Und auch nicht nur um das, was das Forellenfischen für den Helden bedeutet. Wie fast immer bei Hemingway passiert oberflächlich betrachtet nicht viel. Nick Adams, Hemingways beliebtestes Alter Ego, ist ein Kriegsheimkehrer, an Körper und Seele verwundet, und er versucht, bei seinem Angelausflug seinen Seelenfrieden wiederzufinden. Mit etwas Aufwand lässt sich von hier sogar ein Bogen spannen bis zu Hemingways letzter großer Erzählung *Der alte Mann und das Meer*, denn im Grunde ist der Fischfang auch hier nur Anlass, die großen Fragen des Daseins zu erörtern.

Aber es gibt natürlich jede Menge Details und Impressionen, die den Text auch für ein Publikum interessant machen, das nur an Angelerfahrungen interessiert ist.

Hemingway schrieb diese Geschichte 1924 in Paris. Stilistisch gehört sie zu seinen Sternstunden. Die Hauptsatzketten, die klingen, als wären sie mit dem Vorschlaghammer in die Tastatur geschlagen, werden oft zitiert. *Großer doppelherziger Strom* gehört zu den klassischen Hemingway-Erzählungen, aber mit ihr schuf er darüber hinaus eine Blaupause, die von Vertretern späterer Generationen genutzt wurde, wenn sie über ihren Seelenzustand oder die Lage der Nation reflektieren wollten. Ein weiteres gern genutztes Sujet im Zusammenhang mit solchen Themen ist Baseball. Wer als amerikanischer Autor auch im Ausland verstanden werden will, schreibt allerdings über Forellen.

Richard Brautigan veröffentlichte 1967 *Forellenfischen in Amerika (Troutfishing in America)*. Formal von einer Schlampigkeit, wie sie Hemingway in Prosatexten niemals hätte durchgehen lassen, reflektieren die Episoden und Momentaufnahmen die Sicht der Hippies auf ihr Vaterland. Brautigans Buch war lange Zeit Kult, und für einige Leute ist es

Die Wasserfälle von Triberg. Aus der Mitte entspringt ein Quell der Freude. Foto: Matthias Grüb

das noch immer. Für uns ist interessant, dass Brautigan sich mit seinem Werk explizit auf Hemingway bezog, er sein Buch quasi als Weiterführung empfand.

1976 erschien Norman McLeans *In der Mitte entspringt ein Fluss*. Eigentlich eher Erzählung als Roman sind in diesem Werk die Höhen und Tiefen des Autors beschrieben, sein eigenes Leben und das seiner Vorfahren, wobei der Kontakt mit der unverdorbenen Natur immer wieder Heilung, Linderung und Trost spendet. Auch hier bemerkten Kritiker schnell, dass das Buch in vielen Punkten auf Hemingways Ansatz aufbaute – die Natur als Refugium und Sanatorium.

Das Buch wurde 1992 von Robert Redford verfilmt, der öfter ein gutes Händchen hatte, wenn es um die lauten und leisen Tragödien amerikanischer Mittelstandsfamilien ging (vergleiche *Eine ganz normale Familie – Ordinary People).* Und er schuf mit diesen Streifen Sprungbretter für neue Stars, im Familienfilm war es Timothy Hutton, im Flussfilm der junge Brad Pitt.

Aus Forellenfischersicht schlägt der Film *Aus der Mitte entspringt ein Fluss* das Buch um Längen. Es ist immer ein gutes Zeichen, wenn Leute vom Fach ein Filmkunstwerk loben, das in ihrem Metier spielt. Hier ist die Meinung einhellig. Wer sich nicht die Füße nass machen will und trotzdem verstehen möchte, was den Reiz des Forellen-/Fliegenfischens ausmacht, der sollte sich diesen Film ansehen. Immer und immer wieder. Experten sagen: Wer es darauf anlege, könne sogar einiges über Angeltechniken lernen, denn auch in diesem Punkt sei der Film absolut korrekt.

Und auch das bleibt festzuhalten: Ohne Hemingway hätte es dieses und andere Bücher – und Filme – nie gegeben. Jedenfalls nicht so.

XXI Eau de Cologne

Ende August sind die Hemingways des Angelns müde. Sie brechen ihre Zelte im Schwarzwald ab und fahren den Rhein hinunter. In Koblenz machen sie Station, wo Hemingway seine Kenntnis deutscher Weine erweitert.

Was er trinkt, schmeckt ihm, und was er sieht, gefällt ihm. Der Rhein ist toll. Außerdem gibt es viele Enten, die sich als Jagdbeute empfehlen. Darüber, wann Hemingway in Köln ankommt und wie lange er bleibt, gehen die Angaben auseinander. Wenn Poststempel nicht trügen, hat er noch am 28. August einen Brief an Gertrude Stein aus dem Schwarzwald geschrieben. Die offizielle Lesart ist, dass Hemingway am 31. August Köln wieder in Richtung Paris verlassen hat. Dann dürfte die Suche nach dem schnatternden Rheingold eher kurz gewesen sein, weshalb einige Quellen meinen, die Hemingways seien noch bis Anfang September in Köln geblieben.

In Köln trifft Hemingway einen alten Freund. Chink Dorman-Smith. Der Ire verbrachte den gesamten Ersten Weltkrieg an verschiedenen Fronten, zuerst in Frankreich, später in Italien, wo er den Sankra-Fahrer Ernest Hemingway kennenlernte. Jetzt ist er in Köln stationiert.

Am 6. Dezember 1918 zogen dreitausend englische Soldaten über die Aachener Straße in die Stadt. So mancher der Domstädter wünschte damals, sie wären am

Melaten-Friedhof links abgebogen und gleich dort geblieben. Zeitgenossen bemerkten die Wohlgenährtheit der Briten, viele Einheimische waren von den Kohlrübenwintern gezeichnet. Als die Engländer eintrafen, war der Versailler Vertrag noch nicht in Kraft, es galt das Kriegsrecht, und einige Besatzer benahmen sich entsprechend. Die Festung von Köln wurde gesprengt, dafür mussten für Hunderte Offiziere, Unteroffiziere und ihre Familien Unterkünfte gebaut werden. Es folgten Einquartierungen und Beschlagnahmen, die in der Tat an die Franzosenzeit erinnerten. Beliebt machten die Engländer sich dadurch nicht. Im Lauf der Zeit wuchs die Garnison bis auf fünfzigtausend Mann, als Hemingway im Sommer 1922 auf Durchreise vorbeikam, war noch etwa die Hälfte davon in der Stadt. Es dauerte bis zum 30. Januar 1926, dann stieg der letzte englische Soldat am Bahnhof in den Zug und verließ die Stadt.

Chink ist für Hemingway eine Goldgrube. Ein paar Jahre älter als Ernest, bis zum Rand gefüllt mit der Schlachterfahrung, die sich Hemingway gern andichtet, wird er für den Schriftsteller zu einem Freund fürs Leben. Die beiden bleiben auch nach dem Ersten Weltkrieg in Verbindung. Im Winter Anfang 1922 sind sie gemeinsam über den Großen St. Bernhard gekraxelt, auch das Ende dieses Jahres wollen sie in der Schweiz verbringen.

Chink, der seinen Spaniel so liebt wie Feldmarschall Montgomery seine Terrier, ist ein streitbarer Geist. Er hat seine eigene Meinung, was nicht immer karriereförderlich ist. Im Zweiten Weltkrieg wird er aus dem Dienst entfernt, nach dem Krieg verklagt er Winston Churchill, weil er sich in dessen Memoiren unfair beschrieben sieht. Die Sache geht vor Gericht, Chink gewinnt gegen Churchill.

Chink mag den vier Jahre jüngeren Hemingway, den Wahrheitsgehalt von dessen Erzählungen prüft er nicht.

Vielleicht weil er sie für bare Münze nimmt, möglicherweise auch, weil er weiß, dass man an bestimmte Geschichten besser nicht rührt.

In seinen Briefen an Ernest hat Chink beschrieben, wie aufgeladen die Stimmung in Deutschland ist. Das freut Hemingway, er erwartet in Köln ein Bürgerkriegsszenario wie in Beirut und erhofft sich viele gute Geschichten. Nicht nur aus Abenteuerlust. Sollte er eine interessante Story aufgabeln, würde das nicht nur der *Star* bringen, sondern er könnte sie auch an Reuters und damit weltweit verkaufen.

Hemingway wird enttäuscht. Als er ankommt, ist die Stadt ruhig, und sie bleibt es auch. Vermutlich ist man mit den Gedanken eher bei der nächsten Karnevalssaison als bei irgendwelchen Umsturzplänen. Und wenn die Einheimischen etwas bekümmert, dann die galoppierende Inflation. Chink versucht, seine Gäste nach Kräften zu bespaßen, aber es entwickelt sich nichts Berichtenswertes. Also steigen die Hemingways in den Zug und fahren ganz konventionell nach Paris zurück.

In den nächsten Tagen kommt die journalistische Ausbeute des Angelausflugs in die Zeitung. Am 1. September gibt es einen Bericht über die Inflation (»Die Deutschen verzweifeln über ihre Mark«), am 5. September erscheint »Deutsche Gastwirte«, und am 19. September geht es wieder um Geldentwertung (»Inflation in Germany«). Ende des Monats folgt schließlich »Tumulte in Deutschland« (»German Riots«), und das ist schon ein merkwürdiges Werk.

Der ganze Text ist nur sieben Absätze lang. In den ersten beiden berichten britische Offiziere (lies: vermutlich Chink), wie sie französische Truppen vor Übergriffen von deutscher Seite schützen. Dann wird eine Spur zu genüsslich ausgemalt, wie deutschen Frauen, die mit den

Besatzern fraternisiert haben, von ihren Landsleuten die Köpfe geschoren und die Kleider vom Leib gerissen werden.

In den nächsten zweieinhalb Absätzen geht es nach Köln, wo ein Mob versucht hat, ein Reiterdenkmal an der Hohenzollernbrücke zu stürzen. Mit viel Liebe zum Detail wird erzählt, wie die Menge dem Denkmal erst die Sporen abschlägt, dann das Schwert. Alles mit einer Axt. Ein Polizist, der versucht, die Menge zu stoppen, wird auf die »schöne« Hohenzollernbrücke gejagt. Schließlich springt er übers Geländer, versucht verzweifelt, sich festzuhalten, während ihm die Menge mit der Axt die Finger abhackt. Der Polizist stürzt in den Rhein und stirbt.

Man sollte meinen, dass sich über einen solchen rabiaten Polizistenmord irgendwo Meldungen finden. Fehlanzeige. Nicht in der *Kölnischen Zeitung*, nicht in der *Rheinischen Volksstimme* und auch nicht in der *Rheinischen Volkswacht*. Auch in den Polizeiberichten steht nichts. Hingegen verkündet die *Kölnische* stolz, dass für Westdeutschland die Rechte an den Lebenserinnerungen von Wilhelm II. erworben wurden. Das wäre in tumultuösen Zeiten, in denen Leute das Denkmal des abgedankten Monarchen stürmen wollten, schwerlich eine Jubelbotschaft für die Titelseite.

Es gibt weitere Unstimmigkeiten. An der Hohenzollernbrücke in Köln steht nicht nur ein preußisches Reiterdenkmal. Sondern es sind vier. In Deutz auf der »scheel Sick« im Norden Friedrich Wilhelm IV., seines Zeichens König von Preußen. Im Süden, auf derselben Seite, Wilhelm I., deutscher Kaiser. Dieses ist das auffälligste Denkmal, wenn der Zug von Deutz kommend langsam über die Brücke rollt.

Auf der Altstadtseite steht auf der Nordseite der Neunundneunzig-Tage-Kaiser Friedrich III., und im Süden ist Wilhelm II. verewigt, der einzige von den preußischen

Landesherren, der zu dem Zeitpunkt der berichteten Attacke noch lebte, allerdings schon in Holland im Exil war.

In seinem Originaltext macht es sich Hemingway ziemlich leicht. Er nennt die Statue »William Hohenzollern«, die auf der »Cologne side« steht (also vermutlich Altstadtseite; Deutz gehört seit 1888 zu Köln, obwohl diese Ansicht nicht in allen Teilen der Stadt mehrheitsfähig ist).

Mit dieser vagen Beschreibung bringt er den deutschen Übersetzer in Schwierigkeiten, der sich für Friedrich Wilhelm IV. entscheidet.

Richard Bradford vertritt in seinem Buch *The Man Who Wasn't There* die These, dass Chink, weil Hemingway so begierig auf sensationellen Stoff war, ihn zu der Reiterstatue (bei Bradford ist es Wilhelm II., »the now exiled Kaiser«, ebenso bei Carlos Baker) geführt hat, wo die Beine des Pferdes mit einem Vorschlaghammer bearbeitet worden waren. Dann erzählt er ihm ein Gerücht, das in der Stadt kursiert, und Hemingway verwandelt dieses in einen Pseudo-Augenzeugenbericht.

Dafür spricht viel.

Fairerweise muss man konzedieren, dass dieses Ereignis sich trotz aller Zweifel zugetragen haben könnte, die Unterlagen sind nicht lückenlos, es waren unruhige Zeiten. Aber mit hoher Wahrscheinlichkeit lässt sich ausschließen, dass Hemingway diesen Zwischenfall mit eigenen Augen gesehen hat und dass er so ablief, wie der angehende Literat ihn beschrieb.

XXII   Method Acting

Als Augenzeugenbericht ist Hemingways Text über die Tumulte in Deutschland fragwürdig, als Stimmungsbericht durchaus brauchbar. Die Atmosphäre in Deutschland war in der Tat aufgeladen, Massenstreiks, Demonstrationen, Anschläge auf die Besatzungstruppen und politische Morde erschütterten das Land und ließen es lange nicht zur Ruhe kommen. Ebenso gab es im katholischen Rheinland Aversionen gegen die protestantischen Hohenzollern, die sich in Demonstrationen und öffentlichen Unmutsbekundungen äußerten.

Man könnte auch den von Hemingway mit etwas zu viel Liebe zur Nuance geschilderten Polizistenmord einfach nur als einen seiner Versuche werten, das Publikum zu schocken. Aber der Artikel bietet mehr. Denn hier zeigt sich deutlich, wie Hemingways Schreibmethode funktioniert.

Da wäre zunächst einmal der Stil. In den schwachen Momenten des Autors oder als er noch seinen eigenen Ton suchte, schreit der Hemingway-Stil danach, parodiert zu werden. Er wirkt unbeholfen, hölzern, affektiert. Kritiker warfen ihm vor, seine Texte klängen wie Übersetzungen aus dem Bulgarischen, was vermutlich gemein dem Bulgarischen gegenüber ist.

Wenn der Meister jedoch zur Hochform aufläuft, ist Hemingway'sche Prosa klar wie ein Gebirgsbach, und sie springt elegant wie eine Forelle. Erreicht hat Hemingway diese Klarheit, indem er immer wieder an seinen Texten feilte. Die Geschichte, wie er eine Passage von *In einem andern Land* Dutzende Male umschrieb, ist – wie vieles bei Hemingway – Legende, aber die Sorgfalt, mit der er die Texte verfasste, lässt sich nicht leugnen.

Dass dabei viele Regeln aufgestellt wurden, gegen die Hemingway selbst immer wieder verstieß, liegt auch daran, dass Hemingway gern Regeln postulierte, die dann von seinen Jüngern begierig übernommen und ausformuliert wurden, während er selbst sich nicht mehr darum scherte. So ist der Anspruch, wenn möglich nur ein- oder zweisilbige Wörter zu benutzen, idiotisch rigoros, ebenso die sture Betonung von Hauptsätzen. Im Original ist Hemingways Satzbau viel komplexer, als man in manchen Übersetzungen ahnt.

Als Theoretiker ist Hemingway nicht wirklich bedeutend, trotz der vielfach zitierten Eisberg-Metapher. Aber er hat ein paar Prinzipien formuliert, mit denen man heute noch arbeiten kann. Als da wären:

1. Benenne ein Gefühl, das du in einer bestimmten Situation hast.
2. Versuche, zu erkennen, wodurch dieses Gefühl ausgelöst wurde.
3. Beschreibe so bildhaft und sinnlich wie möglich, *was* dieses Gefühl ausgelöst hat, und lasse so deine Leserschaft an deinen Emotionen teilhaben.

Wer diesen Grundsätzen folgt, wird lesbare Texte produzieren. Hinzu kommt, dass Hemingways Ohr für Sprache verblüffend war. Manchmal war seine Genauigkeit verschwendet, aber das macht sie nicht weniger beeindruckend.

Hemingways Erzählung *Die Killer* spielt zuzeiten der Prohibition in Illinois. Zwei Auftragskiller jagen einen Mann, der keine Kraft mehr hat zu flüchten. Und diese beiden Killer sprechen, das wurde mir von einer vertrauenswürdigen Quelle bestätigt, original den Slang der Gangster von Chicago. Denn – und wer weiß das nicht – in Chicago herrschten die »Outfit Guys«, die im Unterschied zu den New Yorker Gangstern – den »Wise Guys« – ihre eigenen Idiome und Marotten hatten.

Nun könnte man einwenden: *Who cares?* Außer den Leuten im Lesezirkel der Mafia-TV-Serie *Sopranos* kriegt das niemand mit, kaum ein Übersetzer wird es bemerken, und wenn, wie sollte er diese Nuancen und Feinheiten übertragen? Und doch ist es gut zu wissen, dass sich einer diese Mühe gemacht hat.

Der Stil und der Sound sind nur zwei Aspekte. Hinzu kommen die Geschichten als solche. Wie wichtig es Hemingway war, zum Club der modernen Dichter zu gehören, und was er dafür alles auf sich nahm, haben wir in den letzten Kapiteln gesehen. Aber für Hemingway galt immer auch der Spruch von Groucho Marx: »Ich möchte niemals Mitglied in einem Club sein, der Leute wie mich aufnimmt.«

Hemingways Pariser Kollegen wollten die Dehumanisierung, die Härte, das Maschinenhafte der modernen Welt zeigen. Sie experimentierten mit Montagetechniken, Wechsel der Erzählperspektive, Stream of Consciousness, omnipräsentem auktorialem Erzählen, alles wichtig, alles revolutionär, aber ganz ehrlich, es gab Weniges, was Hemingway hätte egaler sein können.

Seine frühen formalen Experimente wirken über weite Strecken wie lustlose Spielereien. *Ja, ich könnte jetzt eine lineare Geschichte erzählen, aber um euch zu verblüffen, mache ich das nicht.* Auch Verstöße gegen Tabus waren wohl vor allem Provokation.

Er wollte keine Kunstwelt, der man die Künstlichkeit ansieht. Er wollte eine Erfahrung schaffen, die noch wahrer erscheint als die Wirklichkeit. Das ging nicht mit einer Kopfgeburt.

Auf seinen Reisen, in seinen erlebten und erdachten Abenteuern sammelte Hemingway Impressionen wie ein Geologe Gesteinsproben. Er hatte gesehen, wie sich Menschen in bestimmten Situationen benahmen, wie sie redeten, und vielleicht auch verstanden, was sie dachten und fühlten.

Aber um aus diesen Zutaten »wahre« Geschichten zu machen, musste er sie miteinander vermengen, dafür brauchte er einen Quirl, und das war seine manchmal nervtötende Fabuliererei.

Hemingway konnte eine Geschichte erst »richtig« erzählen, nachdem er sich glauben gemacht hatte, alles wäre selbst erlebt. Und das ging für ihn am besten, wenn er zum Helden dieser Geschichten wurde. Das ganze Schwadronieren, all die unterschiedlichen, manchmal übertriebenen Versionen von Abenteuern waren Teil des Schreibprozesses. Am Schreibtisch oder an der Maschine wurde schließlich nur noch in Worte gegossen, was in den vielen Fantasierunden zuvor geschöpft worden war. Für seine Geschichten wurde Hemingway zum Method Actor, der das Schicksal seiner Protagonisten im wahrsten Sinn des Wortes durchlitt und durchlebte. In seinen besten Momenten entstanden dabei Werke atemberaubender Schönheit, und selbst in den schlechtesten dürfte ihm diese Methode geholfen haben, sich seine Dämonen vom Leib zu halten. Wenigstens für eine gewisse Zeit.

Die Frage, ob es einen wahren Hemingway gibt, jenseits all der Phantasmagorien, ist müßig. Der klassisch karge

Held vom Schlag eines Gary Coopers ist nur zu haben, wenn man den Prahlhans erträgt. Den einen gibt es nicht ohne den anderen. Der Tumult-Text illustriert, wie das schöpferische Hirn Hemingways funktionierte. Chink zeigte ihm die demolierte Statue, Hemingway hatte in Kansas City erlebt, wie ein wütender Mob Polizisten angriff. Er wusste, wie die Beteiligten sich fühlten. Wenn er nun so einen Vorfall in der Wirklichkeit beobachten und in die Welt der Fiktion heben könnte, dann würde daraus echte Literatur entstehen. Er brauchte nur noch ein passendes Sujet. Und das sollte ihm nur zu bald begegnen.

XXIII Griechische Tragödien

Wieder zurück in Paris muss Hemingway für seinen Lebensunterhalt sorgen. Angesichts der Nachrichtenlage ist es nicht schwer, ein neues Thema zu finden. Die Situation in der Türkei ähnelt der in Deutschland und in Österreich-Ungarn. Das Osmanische Reich ist wie die Donaumonarchie zerschlagen, aber darüber hinaus sind wie in Deutschland Teile des Kernlands besetzt. In Konstantinopel – wie man zu der Zeit noch sagt – gibt es Schutztruppen der Siegermächte, auch Smyrna (heute Izmir) steht unter alliierter Kontrolle. Allerdings sind die militärischen Kontingente klein. Die Sieger wollen auch noch das Kernland untereinander aufteilen, Kemal Atatürk, der neue starke Mann in Ankara, versucht, das um jeden Preis zu verhindern. Die Stimmung im Land ist aufgeputscht, zu den vielen Völkern, die hier leben und nun ihre Claims abstecken möchten, kommen Russen, die vor der bolschewistischen Revolution in die Türkei geflohen sind. Auch deren Schicksal ist ungewiss, denn Atatürk arbeitet aus strategischen Gründen mit den Sowjets zusammen. Bis dato galt Smyrna als ein funktionierender Schmelztiegel, in dem Griechen, Juden, Armenier und Exilrussen friedlich miteinander lebten. Nun herrscht blanke Panik. Viele Menschen sollen umgesiedelt werden. Grenzen werden neu gezogen. Auch das schafft böses Blut.

Am 15. September 1922 marschieren Kemals Truppen in Smyrna ein und brennen die Stadt nieder. Es gibt Tausende Tote. Epidemien können jederzeit ausbrechen. In der Stadt bricht Chaos aus.

Hemingway wittert die große Story. Er kabelt an Bone: Noch nie sei Weltgeschichte so billig zu haben gewesen. Er bräuchte nur zweihundert Dollar für Spesen, des Weiteren würde ein Tagessatz von neun Dollar reichen. Bone schickt fünfhundert Dollar, und Hemingway beginnt, seine Sachen zu packen. Dann verdoppelt er den Einsatz. Er macht in Paris einen weiteren Deal mit Hearsts International News Service, was darauf hinausläuft, dieselbe Geschichte zweimal zu verkaufen. Nun ist Nordamerika zwar groß, aber die USA und Kanada sind medientechnisch ein Markt. Wird das nicht auffallen?

Ja, natürlich. Hier zeigen sich erste Risse im Verhältnis zwischen dem *Toronto Star* und Hemingway, was schließlich 1923 zum Bruch führt. Aber im Moment heißt Hemingways größtes Problem Hadley. Sie hat ebenfalls die Nachrichten gelesen und will auf keinen Fall, dass Hemingway an den Bosporus fährt. Aus genau denselben Gründen, aus denen er hinwill: zu gefährlich. Keiner rückt von seiner Position ab. Es ist der erste große Streit ihrer Ehe. Drei Tage schweigt sich das Paar an, dann fährt Hemingway mit dem Taxi zum Gare de Lyon, von dort soll es mit dem Orient-Express über Serbien und Bulgarien an den Bosporus gehen.

Am 25. September verlässt Hemingway die Stadt, am Abend zuvor hat er sich noch, wie es sich für ihn gehört, einen Boxkampf angesehen.

Die Recherchereise beginnt mit einem schlechten Vorzeichen. Der Taxifahrer, der Hemingway zum Bahnhof kutschiert, ist betrunken. Als er das Gepäck aus dem Kofferraum holt, knallt eine Tasche auf das Pflaster, und Hemingways

Schreibmaschine – Marke Corona, aber das nur nebenbei – geht kaputt. Die ersten Berichte muss Hemingway mit der Hand schreiben.

Der Orient-Express braucht Tage durch den Balkan, schließlich schlängelt er sich an den Dardanellen entlang. Drinnen sitzt Hemingway und schreibt Ansichtskarten, unter anderem an Gertrude Stein. Am 29. September erreicht er die türkische Metropole. In Konstantinopel mietet sich Hemingway im Hotel Londres ein, er findet einen Laden, in dem man seine Schreibmaschine repariert. Und er lässt seinen Pass verlängern. Trotz der noch anwesenden Briten haben vor allem die Ausländer in der Stadt Angst. Alle Transportmöglichkeiten aus der Stadt hinaus in Richtung Europa sind ausgebucht. Bei Çanak haben sich die Briten in Schützengräben hinter Stacheldraht verschanzt, noch halten sie den Angriffen der türkischen Kavallerie stand.

Hemingway ist hundertprozentig auf der Seite der Griechen. Zum einen weil der *Toronto Star* eher wenige muslimische Leser hat. Und zum andern weil Kemal Atatürk droht, Smyrna trockenzulegen und alle Kneipen, Bars, Nachtclubs und Bordelle zu schließen. Dass der Boss der Türken selbst mal gern einen hebt, vermerkt der Journalist Hemingway – immer im Dienst der Wahrheitsfindung – pflichtschuldigst in einem seiner ersten Berichte.

Am Anfang schwimmt Hemingway. Ohne große Ahnung von der Lage vor Ort hat er außer Beschreibungen von Konstantinopel mit seinen Muezzinen und Minaretten wenig zu bieten. »Viele Uniformen, viele Gerüchte«, notiert er. Das war in Köln eigentlich auch nicht anders. Als ihm auffällt, wie inhaltsleer seine ersten Depeschen sind, behauptet er, die türkische Zensur verbiete ihm, mehr zu schreiben.

Doch wie so oft in seiner Karriere – Hemingway hat Glück und ein Händchen für Menschen. Er trifft Charles

Sweeny, einen Glücksritter, der im Land seine Dienste als Militärexperte anbietet. Darüber hinaus zwei englische Offiziere, die ihn mit Hintergrundinformationen versorgen. Ein amerikanischer Kameramann erklärt ihm, mit welchen Tricks er das brennende Smyrna auf Zelluloid bannt.

Hemingway lernt, dass die Griechen zwar gute Soldaten aufbieten, aber gegen die Türken chancenlos bleiben, weil ihre Offiziere inkompetent und verweichlicht sind. Die Tatsache, dass griechische Offiziere sich pudern und Rouge auflegen, wird von Hemingway im Dienst der Wahrheitsfindung ebenfalls pflichtschuldigst vermerkt.

Zwischendurch findet er noch Zeit, dreiundzwanzig Wachteln zu schießen. Auf der Suche nach Informationen durchreist er das Land, mal in Militärkonvois, mal individuell und zu Fuß, mal auf Eselsrücken. Hemingway ist inzwischen vollkommen verlaust und verdreckt. Hotelbetten sind rar und teuer, aber dafür gibt es in jedem Flöhe und Wanzen gratis. Dann erkrankt Hemingway an Malaria. Er schluckt Aspirin und hofft, dass sich sein Immunsystem als stärker erweist. Aufhalten lässt er sich durch die Erkrankung nicht.

Nach Smyrna heißt das nächste Ziel Adrianopel (heute Edirne), die Stadt, auf die sich endlos lange Flüchtlingsströme zubewegen. Was Hemingway sieht, sind Bilder des Grauens. Erschöpfte, zerlumpte Menschen, deren Hoffnung auf Rettung mit jedem Schritt kleiner wird. Im Treck Haus- und Nutztiere, weit über die Schmerzgrenze geschunden. Am 17. Oktober kommt er in Adrianopel an.

In der Stadt empfiehlt ihm ein barfüßiger Franzose ein schäbiges Hotel, das von einer kroatischen Madame geleitet wird, mit der Hemingway sich auf Französisch unterhält. Ihre Preise sind unverschämt hoch. Eine Alternative gibt es: Er könnte auf der Straße schlafen. Hemingway wählt das Hotel. Während seiner Recherchetouren hat er mit den

Engländern und dem Kameramann ein Feldbett geteilt, da spielt der Mangel an Komfort längst keine Rolle mehr.

Dank der Unterstützung eines italienischen Offiziers kann er in Adrianopel die Berichte an seine Zeitung und die Hearst Nachrichtenagentur im örtlichen Telegrafenbüro absetzen, schließlich macht er sich von Konstantinopel aus auf die Heimreise. Auch zurück nach Paris ist er vier Tage unterwegs.

Am 21. Oktober erreicht Hemingway morgens um sechs Uhr dreißig den Gare de Lyon. Für seine Mitreisenden ist sein Erscheinungsbild ein Graus, für ihn selbst der beste Beleg dafür, dass er ein richtiges Abenteuer erlebt hat.

Zu Hause präsentiert er Hadley die Gaben des Orients. Zwei Halsbänder, eines aus Bernstein, eines aus Elfenbein. Beide laut Hemingway von einem Exilrussen erworben, der in Konstantinopel als Kellner arbeitete. Dazu noch Rose Attar, das ätherische Öl dürfte in dieser Situation willkommen gewesen sein.

Hadley sagt nichts, sie ist einfach nur froh, dass er wieder da ist. Nun muss Hemingway in die Wanne und sich den Schädel kahl scheren lassen, um das Ungeziefer loszuwerden. Dann schläft er eine Woche lang.

Hemingways erster großer Einsatz als Kriegsreporter dauerte fast so lange wie sein Fronteinsatz. Die Einblicke in menschliches Elend sind sogar erschütternder. Seine Reportagen aus dem Krisengebiet kommen gut an, wenn auch John Bone schon seit dem 6. Oktober weiß, woher der International News Service seine beinahe identischen Geschichten hat.

Die größte literarische Ausbeute der Reportagereise heißt *Am Kai in Smyrna*, wo Hemingway dieselbe Methode anwendet wie bei »Tumulte in Deutschland«, nur wird hier gar nicht erst versucht, etwas als Journalismus zu deklarieren,

was reine Fiktion ist. Hemingway schlüpft in der Kurzgeschichte in die Rolle eines Offiziers, der scheinbar lakonisch
all die Grausamkeiten beschreibt, die Menschen untereinander und an Tieren begehen. Es gibt kein Gut und kein
Böse, kein Schwarz, kein Weiß; nur düstere Verzweiflung.

XXIV Auf dem Gipfel

Das Jahr neigte sich dem Ende entgegen, und für Hemingway wurde offenbar alles immer besser. Der November brachte schlechtes Wetter und gute Nachrichten. Mitte des Monats kam ein Telegramm. Hemingway sollte nach Lausanne, wo in einer großen Konferenz über den Friedensvertrag mit der Türkei verhandelt wurde. Aufgrund seines Trips nach Konstantinopel und Smyrna konnte sich Hemingway als Experte fühlen.

Am 22. November traf Hemingway in Lausanne ein. Am Tag zuvor wurde in Paris Marcel Proust zu Grabe getragen. Ob Hemingway dieses Ereignis beschäftigt hat, ist nicht bekannt.

In der Regel kam Hemingway auf den Konferenzen mit den meisten Kollegen gut aus. Vor allem die älteren Reporter mochten ihn, es gab aber durchaus Leute, die ihn für ein anmaßendes Großmaul hielten.

Zu den ihm wohlgesinnten Kollegen gehörte G. Ward Price von der Londoner *Daily Mail*. Wie Hemingway war auch Price in Italien gewesen, er hatte im Gegensatz zu ihm die Schlacht von Caporetto tatsächlich miterlebt und dabei ein Auge verloren. Das brachte Hemingway auf eine naheliegende Idee. Er lud Price zu ein paar Runden Sparring ein und knallte ihm dabei ordentlich auf die Rippen. Der Engländer trug's mit Fassung.

Große Konferenzen sind immer auch Klassentreffen von Reportern. Hemingway traf alte Bekannte wieder und lernte neue kennen. So unter anderem einen jungen Südafrikaner namens William Bolitho Ryall. Auch dieser Kollege konnte auf Weltkriegserfahrungen zurückblicken.

Als an der Westfront der Kampf zum Stellungskrieg erstarrte, suchte man immer wieder – zunehmend verzweifelt – nach Wegen, um Bewegung in die Front zu bringen.

Deshalb gab es Mineure, die nachts Tunnel bohrten, durch die sich Soldaten vorarbeiten und die gegnerischen Stellungen sprengen konnten. Spätestens nachdem dies das erste Mal funktioniert hatte, wurden Gegenmaßnahmen ergriffen. Die Verteidiger stellten Horchposten auf, und sowie es Anzeichen für eine unterirdische Wühltätigkeit gab, begannen sie ihrerseits mit dem Graben von Tunneln in Richtung Gegner.

Trafen die Kriegsparteien unter der Erde aufeinander, entspannten sich Kämpfe, die zu dem Hässlichsten gehörten, was es an den Fronten des Ersten Weltkriegs gab. Viele Männer starben im Nahkampf, andere wurden durch unterirdische Explosionen lebendig begraben und verröchelten nach manchmal tagelangem Todeskampf.

William Bolitho Ryall war Bergbauingenieur und diente in Frankreich auf der Seite der Entente als Mineur. Als er 1917 Sprengladungen unter deutschen Gräben anbrachte, wurde er zusammen mit Dutzenden Mitkämpfern verschüttet. Gerettet wurde er nur, weil er, bewusstlos, immer noch zuckte, weshalb Kameraden an der Erdoberfläche Bewegungen im Erdreich bemerkten und ihn ausgruben. Er war der einzige Überlebende. Bemerkenswert daran ist auch, dass Ryall die Geschichte erst gegenüber Hemingway preisgab, als er von einem Kollegen dazu ermuntert wurde. So etwas wäre Ernest nie passiert.

Ryall wurde nach dem Krieg Reporter beim *Manchester Guardian*. Er verstand viel von Politik. Hemingway, der einen Meister erkannte, wenn er ihn sah, lernte begierig. Zwar war Hemingway schon zuvor Korrespondent bei Weltereignissen gewesen, aber globalstrategische Analysen vermied er wohlweislich, er konzentrierte sich auf die Beschreibung von putzigen Äußerlichkeiten.

Im Frühjahr hatte er schon einmal Mussolini interviewt, er konnte aber mit dessen Aussagen wenig anfangen. Im Herbst war es ihm nach langem Antichambrieren gelungen, den greisen Clemenceau zu interviewen. Clemenceau war im Ersten Weltkrieg das Gesicht Frankreichs gewesen, eigentlich hätte er sich gut mit Hemingway verstehen müssen, denn beide mochten Deutschland gleich gern. Aber Clemenceau hatte auch an Kanada viel auszusetzen. Die Kanadier waren in seinen Augen Weicheier, vor allem im Krieg hätten sie viel mehr tun sollen. Und so weiter in diesem Ton. Aber Hemingway arbeitete nun mal für eine kanadische Zeitung. John Bone druckte das Interview nicht.

Ryall hegte ein grundsätzliches Misstrauen gegenüber allen Politikern, was er aber mit Sachkenntnis verband. Hemingway lernte und übernahm die Attitüde des Mentors gleich mit.

Bei Mussolini hatte sich in der Zwischenzeit einiges getan. Im Frühjahr war er noch Anführer der Schwarzhemden mit undurchsichtigen Motiven gewesen. Dann folgte am 27. Oktober der Marsch auf Rom, das heißt, seine Schwarzhemden mussten marschieren, Mussolini fuhr mit dem Zug von Mailand in die Hauptstadt. Als Hemingway ihn jetzt ein zweites Mal interviewte, war er der neue starke Mann Italiens, der in Lausanne in schwarzer Uniform und in weißen Gamaschen auftrat und zu allem Überfluss auch noch eine Kollegin Hemingways belästigte. Hemingway beschrieb Mussolini nun als den größten Bluff Europas, was dem Duce naturgemäß missfiel.

Die ganze Sache hatte ein Nachspiel. In den Dreißigerjahren, als Hemingway öfter in Afrika auf Safari ging, soll ihm Mussolini einen Blankoscheck gesandt haben. Hemingway sollte eine Summe seiner Wahl dafür eintragen, dass er dem Duce eine geschossene Antilope überstellte, oder welche Jagdbeute auch immer. Hemingway nahm den Scheck, schrieb »Schieß dir deine Trophäe selber« drauf und retournierte ihn. Und – Sie ahnen es – bekannt ist die Anekdote ausschließlich aus dem Hause Hemingway.

Aber Hemingway wurde auf der Konferenz nicht nur zum politisch kompetenten Reporter. Er traf Lincoln Steffens wieder, mit dem er sich schon in Genua angefreundet hatte.

Steffens war das, was man heute einen Investigativreporter nennen würde. Seine Enthüllungen waren legendär. In »Shame of the Cities« nahm er sich der erbärmlichen Situation der Unterschicht in den amerikanischen Metropolen an. Theodore Roosevelt mochte ihn nicht, er nannte Leute wie Steffens Schmierfinken. Im Gegensatz zu Hemingway kannte Steffens Deutschland wirklich, er hatte in Leipzig bei Wilhelm Wundt Medizin studiert.

Im Frühjahr 1922 in Genua hatte Hemingway Steffens seine Geschichte *Mein Alter* gezeigt. Sie gilt heute als eine seiner schlechtesten Storys, aber damals war Hemingway sehr stolz darauf. Und *Mein Alter* ist auch nicht so mies, wie sie gemeinhin gemacht wird. Der Ich-Erzähler des Textes zeigt sich noch sehr vom Stil Sherwood Andersons beeinflusst. Ein Sohn, der seinen Vater bewundern will, aber es am Ende doch nicht richtig kann, weil sich die Augen nicht ewig vor der Realität verschließen lassen. Der Vater ist Jockey, ein kleiner Mann mit einem Traum vom großen

Glück. Um ihn zu verwirklichen, verschiebt er Rennen, das geht so lange gut, bis er in einem noch größeren Betrüger seinen Meister findet.

Das Motiv vom betrogenen Betrüger, der im Moment der Niederlage die eigene Würde wiederentdeckt, variiert Hemingway später noch einige Male, so in der Boxer-Geschichte *Um eine Viertelmillion.* Die funktioniert um einiges besser, aber wie gesagt, so schlecht ist *Mein Alter* nicht.

Hemingway genoss die Zeit mit den Kollegen, aber so richtig wohl war ihm nicht. Den Ort des Gipfeltreffens, das Hôtel du Château in Ouchy, fand er prätentiös und langweilig. Und er haderte auch mehr und mehr mit seiner Profession. Gertrude Stein hatte dekretiert, dass Journalismus einem Schriftsteller auf lange Sicht schadet. Zwar war er mittlerweile ein gestandener Reporter, der sich kein X für ein U vormachen ließ, aber das Hamsterrad, die vielen Reisen und die ewige Suche nach Themen zermürbten ihn.

Immerhin wusste Lincoln Steffens Hemingway zu trösten. Er mochte *Mein Alter* und lobte den Autor dafür. Und dann hatte er noch eine weitere gute Nachricht.

XXV   Ein Koffer voller Glück

Steffens hat *Mein Alter* mit einem Empfehlungsschreiben an Ray Long vom *Cosmopolitan* geschickt. Und er will wissen, ob es noch mehr Stoff gibt. Aus den folgenden Bemerkungen und Fragen wird deutlich: Steffens hält Hemingway für die kommende Stimme des literarischen Amerikas.

Hemingway ist wie elektrisiert. Er hat die Tage zuvor sowieso schon öfter mit seiner Frau telefoniert. Hadley soll nach Lausanne kommen – am besten mit dem Flugzeug –, dann könnten sie beide, sowie die Konferenz zu Ende ist, weiter in die Schweiz fahren und dort ihren Weihnachtsurlaub zusammen mit Freunden verbringen.

Aber Hadley will nicht kommen, schon gar nicht mit dem Flugzeug. Sie ist krank, eine schwere Erkältung, wenn nicht sogar Ärgeres. Worauf Hemingway mit gewohnter Sensibilität reagiert. Er berichtet, dass ihn die Aufstiege zum Château in Ouchy auch sehr anstrengten, in letzter Zeit müsse er immer mehr grünen Schleim abhusten. Ob das Grund zur Besorgnis sei?

Doch als Hadley den Anruf mit der guten Nachricht erhält, versteht sie, dass sie reisen *muss*. Wie von Ernest gewünscht, packt sie all seine Texte in einen Koffer und dann ihre Sachen in einen zweiten. Ob Ernest die Geschichten Steffens vorlegen oder ob er über die Feiertage an ihnen arbeiten will, ist nicht ganz klar, aber das Einzige, was zählt, ist: Nach all den entbehrungsreichen Jahren gibt es endlich einen Interessenten da draußen; und der muss versorgt werden, bevor die Neugier verlischt.

Von der Cardinal Lemoine bis zum Gare de Lyon sind es knapp drei Kilometer. Hadley nimmt sich ein Taxi, obwohl sie sich immer wieder sagt, dass sie eigentlich im Bett bleiben und ihre Krankheit auskurieren sollte.

Sie versucht, die Fahrt zu genießen. Die führt über die Seine, Paris ist pariserisch schön, auch im Dezember. Und Hadley hat Glück mit dem Taxifahrer. Nicht wenige Chauffeure verdienen sich als Akkordeonspieler beim Bal-musette etwas dazu; ihrer offenbar nicht, auf jeden Fall fängt er nicht an zu spielen, zumindest nicht während der Fahrt.

Hadley bezahlt den Chauffeur und beauftragt einen Träger, das Gepäck in ihr Zugabteil zu bringen. Um unterwegs wenigstens etwas Erfrischung zu haben, kauft sie auf dem Bahnsteig noch eine Flasche Evian. Als sie ihr Abteil betritt, ist der Träger verschwunden. Alle Gepäckstücke sind da. Nur eines fehlt.

Ein Koffer.

Der Koffer.

Hadley sieht sich suchend um, kein Träger, keine anderen Passagiere. Sie weiß nicht, an wen sie sich wenden soll. Dann setzt sich der Zug ruckelnd in Bewegung.

Hadley hat keine Ahnung, wie sie die Fahrt überstehen und vor allem »Poo« den Verlust beibringen soll. Das ist einer der Spitznamen, die sie untereinander benutzen. Ernest ist »Poo«, sie »Wicky«. Wenn Ernest heute Abend begreift, dass sein ganzes Lebenswerk auf einen Schlag futsch ist, wird es wohl kaum bei Koseworten bleiben.

Hadley ist froh, dass Ernest sie nicht am Bahnhof abholt, sie befürchtet, die leere Hand ohne *den* Koffer würde sie sofort verraten.

Als sie im Hotel ankommt, sitzt Ernest an seiner Schreibmaschine und schreibt. Sie hat ihm immer gern beim Schreiben zugesehen. Er sieht in diesen Momenten so sensibel und verletzlich aus, wie eine Schildkröte, die es endlich wagt, aus ihrem Panzer zu kriechen und sich der Welt zu stellen.

Hadley versucht es über Bande.

»Es ist etwas Schlimmes passiert. Etwas sehr Schlimmes. Was wäre die größte Katastrophe, die du dir vorstellen könntest?«

Um es abzukürzen: Ernest kommt nicht drauf. Als er endlich versteht, dass all seine literarischen Texte, die er bis zu diesem Moment verfasst hat, vielleicht unwiederbringlich verloren sind, ist er am Boden zerstört. Er fragt ungläubig nach, aber es gibt tatsächlich nur zwei Überlebende. *Mein Alter*, das ist die Geschichte, die bei Steffens liegt, und *Oben in Michigan* – die hatte Hadley vergessen einzupacken.

Hadley kann nur noch weinen.

Ernest greift nach jedem Strohhalm.

»Hast du auch die Durchschläge eingepackt?«

Hadley nickt. Die Durchschläge, die Notizen, alles. Sie wollte sehr gründlich sein. Es wäre ja doof gewesen, wenn Hemingway in den Bergen nicht hätte weiterarbeiten können, weil eine wichtige Notiz fehlte.

Übrigens, für die Jüngeren im Publikum: Durchschläge erfüllten damals die Funktion von Back-ups und Clouds.

Dann wird Ernest aktiv. Er bittet Steffens, für ihn weiter von der Konferenz zu berichten. Er nimmt den nächsten Zug nach Paris und durchsucht die Wohnung in der Cardinal Lemoine gründlich von oben bis unten. Er durchsucht auch von unten bis oben. Das Ergebnis bleibt dasselbe. Hemingway überlegt.

Was er in dieser Nacht tut, ist nicht bekannt, in seinen Memoiren ergeht er sich nur in Andeutungen. Am nächsten

Morgen geht er zum Essen bei Gertrude Stein und Alice Toklas, die ihn einfühlsam trösten, dann setzt er sich in den Zug und fährt nach Lausanne zurück.

Im Waggon-Restaurant bestellt er das üppigste Menü. Dazu eine große Flasche Beaune, mit der er es ganz allein aufnimmt. Als der Burgunder leer ist, ist der Dichter voll. Den Rest der Fahrt vertreibt er sich, indem er ein Gedicht verfasst, das alles andere als stubenrein ist.

Doch am Ziel scheint er bereit, den Schicksalsschlag zu akzeptieren und seiner Frau nichts mehr übel zu nehmen.

Das ist eine anrührende Geschichte. Wie meistens bei Hemingway schlägt das Schicksal ohne Vorwarnung so hart zu, dass man meint, im Hintergrund das Motiv von Beethovens Fünfter zu vernehmen. Aber – es ist eben auch eine Hemingway-Geschichte.

Der Biograf James R. Mellow machte sich die Mühe, die Episode, die über Generationen weitergegeben wurde, ohne sie zu hinterfragen, auf ihren Wahrheitsgehalt abzuklopfen. Und er stieß auf ein interessantes Detail. Hemingway konnte gar nicht mit dem Paar Stein/Toklas zu Mittag essen. Und sie konnten ihn deshalb auch nicht trösten. Denn die beiden waren zu dieser Zeit noch in Saint-Rémy-de-Provence. Sie kehrten erst Anfang Februar in die Stadt zurück.

Und je weiter Mellow nachforschte, desto deutlicher schälte sich eine andere Version heraus. Nach dieser soll Hemingway mitnichten umgehend nach Paris zurückgekehrt sein. Stattdessen bat er Lincoln Steffens und einen weiteren Kollegen, nach Paris zu fahren und dort im Fundbüro am Bahnhof vorstellig zu werden. Das taten sie, und nachdem sie Hadleys Geschichte erzählt hatten, arbeiteten sie sich durch die Fundgegenstände der letzten drei Tage – ohne Ergebnis.

Hemingway machte noch immer keine Anstalten, in den Zug nach Paris zu steigen. Stattdessen telefonierte er mit Bill Bird. Der sollte eine Anzeige in die Zeitung setzen: Koffer verloren.

»Finderlohn?«, fragt Bill.

Hemingway hält das für eine gute Idee. »Hundertfünfzig Francs«, entscheidet er.

Das sind zu diesem Zeitpunkt umgerechnet knapp elf Dollar. Bill findet, das ist zu wenig, aber Hemingway will nicht mehr investieren. Die Anzeige hat keinen Erfolg. Tatsächlich soll Hemingway erst im Januar wieder nach Paris gereist sein. Nur das Wutgedicht, das hat es wohl tatsächlich gegeben. Es wurde nie veröffentlicht.

Egal, welche Version der Geschichte der Wahrheit am nächsten kommt, Tatsache ist: Der Koffer mit den geheimnisvollen Manuskripten verschwand und ist bis heute nicht wieder aufgetaucht.

XXVI Auf Autopilot

Am 16. Dezember 1922 kassiert Hemingway den letzten
Scheck für dieses Jahr von seinen Auftraggebern. Er fühlt
sich wie ein Zombie und funktioniert die folgenden Wochen
wie auf Autopilot. Seine journalistischen Aufträge erfüllt er,
aber literarisch kriegt er nichts mehr zu Papier. Da hilft es
auch nicht, wenn er von den verschwundenen Texten nun als
»Juvenalia« spricht. Bei den Papieren handelt es sich nicht
um Jugendsünden; sie sind sein gesamtes bisheriges literarisches Werk. Ezra Pound versucht, ihn in einem Brief zu trösten. Alles, was er verloren habe, schreibt Ezra, sei die Zeit,
die er brauche, um die Geschichten noch einmal zu Papier
zu bringen. Denn an alles Wichtige werde er sich erinnern.
Und was vergessen wäre, sei zu Recht vergessen. Hemingway
fühlt sich verhöhnt. Er antwortet dem Freund, dass er für
solche Erklärungen einfach noch nicht reif ist.

Die Hemingways bleiben auch nach der Konferenz in
dem »kleinen, steilen Land« namens Schweiz (zumindest
wenn wir der Version von James R. Mellow folgen). Sie fahren in die Berge, nach Chamby, wo sie mit einer Seilbahn
die Pension Gangwisch erreichen können.

In der Pension begrüßen sie alte Bekannte. Chink ist da
und auch Besuch aus der Heimat, eine Jugendfreundin. Ein
Brief von Agnes von Kurowsky kommt auch noch an, ver-
spätet, wie damals ihr Schreiben, mit dem sie die Beziehung

beendete. Es rührt ihn, dass sie noch an ihn denkt, aber an der literarischen Krise ändert das nichts. Hemingway und Chink sitzen viel am Kamin, trinken Punsch, philosophieren über Gott und die Welt. Darüber hinaus jede Menge Wintersport. Wanderungen, Skifahren. Am 7. Januar findet in Les Avants ein Bobrennen statt. Hemingway, Chink und zwei ihrer Freunde nehmen teil und gewinnen am Ende den Prix de Mollard. In den Siegerpokal werden die Namen aller vier Teilnehmer eingraviert. Die von Hemingway und Chink sind richtig geschrieben, die der anderen beiden nicht. Doch einer von ihnen hat – wie F. Scott Fitzgerald – in Princeton studiert, und zu seinem fünfzigjährigen Absolventententreffen wird er die Trophäe seiner Uni vermachen, wo sie seit 1980 im Rare Book Department der Bibliothek im Firestone Building ausgestellt ist. Was der Geist F. Scott Fitzgeralds davon hält, dass ihn Hemingway bis in seine Alma Mater verfolgt, wissen wir nicht, aber für die meisten ist die Trophäe ein interessantes Exponat.

Mancher meint, dass der verlorene Koffer den Anfang vom Ende zwischen Ernest und Hadley bedeutete. Dagegen spricht, dass im Oktober 1923 ihr einziger Sohn zur Welt kam. Hätte Hemingway an Trennung gedacht, wäre das wohl nicht ohne Einfluss auf die Familienplanung geblieben.

Aber Hemingway ist frustriert, und er sucht nach Wegen, seinen Frust abzubauen. Eine gute Zielscheibe wäre Mike Strater. Strater, der eigentlich Henry heißt, ist so etwas wie der Haus- und Hofmaler der Hemingways. Er hat sowohl Hadley als auch Ernest porträtiert, und er kann für sich beanspruchen, als Erster Hemingway mit einem Bart gemalt zu haben. Zwar nur mit einem Schnurrbart, aber immerhin. Eines seiner Porträts zeigt einen breitschultrigen, selbstbewussten jungen Mann, der aber seltsam in sich gekehrt wirkt. Hadley mag das Porträt, es erinnert sie an Balzac.

Mike kann nicht nur malen. Er spielt auch Tennis und – er boxt. Doch leider hat sich Mike den Knöchel verknackst und muss das Bett hüten. Hemingway kümmert sich rührend um den Maler. Er besucht ihn zwei Mal am Tag und fragt teilnahmsvoll nach seinem Befinden. Hemingway möchte, dass Mike schnell gesund wird. Denn dann könnte er ihn in den Ring holen und mit einem gezielten Schlag auf die Bretter schicken.

Im Februar besuchen die Hemingways Ezra Pound auf seinem Landsitz in Rapallo. Pound hat ihnen von seinem Refugium an der ligurischen Küste vorgeschwärmt, die Hemingways finden es eher enttäuschend.

Im März heißt es wieder Koffer packen. Diesmal geht es in den Urlaub. Am 10. März 1923 treffen die Hemingways in Cortina d'Ampezzo ein. Vor dem Krieg gehörte die Stadt zu Österreich, jetzt liegt sie in Italien. Der Ort, mehr als tausend Meter über dem Meeresspiegel, ist schon zu diesen Zeiten ein angesagtes Skiresort, ein Platz für die Reichen und Schönen. Als Hemingway kommt, ist er wieder im Superlativ-Modus, für ihn ist Cortina d'Ampezzo »die tollste Stadt der Welt«. Basislager des Paares wird das Hotel Bellevue, ihre Wasserstelle das Hotel Posta, wo Hemingway die Gelegenheit nutzt, sich unter die örtliche Oberschicht zu mischen.

Dort trifft er unter anderem Dora Ivancich. Der Name Invancich wirkt nicht besonders italienisch, aber er hat auf der Apenninenhalbinsel einen guten Klang. Dora ist reich, gebildet, gehört zur Upperclass – genau das, was Hemingway in seinen Sehnsüchten mit Italien verbindet. 1930 wird sie eine Tochter namens Adriana zur Welt bringen, die Hemingway nach dem Zweiten Weltkrieg in Venedig trifft. Mit ihr hat er im Herbst seines Lebens sein Lothar-Matthäus-Erlebnis, das er in dem Roman *Über den Fluss und in die Wälder* verewigt. Aber so weit sind wir noch nicht.

Auch für Hadley hat der Urlaub angenehme Seiten. Sie lernt Renata Borgatti kennen. Die ist die Tochter eines Wagner-Tenors, der an der Scala auftrat, bis der Verlust der Sehkraft seiner Karriere ein Ende setzte. Renata begann als Tänzerin, erkannte aber schnell, dass sie als Pianistin mehr Potenzial besitzt. Sie macht sich vor allem mit ihren Interpretationen der Werke Claude Debussys einen Namen. Endlich hat Hadley jemanden, mit dem sie über ihre Interessen reden kann. Aber die beiden reden nicht nur über Musik. Sie gehen zusammen Einkaufen, unternehmen lange Spaziergänge, immer im selben Look, blaue Baskenmützen, schwere Wanderstiefel.

Renata liebt Frauen. Ob Hemingway das beunruhigt, ob er das überhaupt bemerkt, ist nicht bekannt.

Hemingway würde noch länger in Cortina bleiben, schließlich ist Wintersportsaison, aber John Bone ruft ihn wieder an die Arbeit. Frankreich und Belgien haben das Ruhrgebiet besetzt, diesmal scheint die Stimmung tatsächlich explosiv zu sein.

Hemingway folgt dem Ruf. Er berichtet und durchschaut die Hintergründe. Er hat Probleme, als es darum geht, ein Visum zu erhalten (die er aber am Ende souverän löst), schildert klar und kenntnisreich die französische und die deutsche Position und macht atmosphärisch dichte Reportagen vor Ort. Befriedigung verschafft ihm der Job nicht mehr. Was vor einem Jahr noch eine Sternstunde gewesen wäre, erscheint ihm nun als lästige Routine.

Er besucht erneut seinen Kumpel Chink in Köln. Nun wird sein Traum wahr. Die Stimmung ist tatsächlich so aufgeladen, wie Hemingway es sich im Sommer davor gewünscht hatte. Es gibt Streiks und Demonstrationen; Wut und Gewalt liegen in der Luft. Chink ist um seinen Freund so besorgt, dass er ihn persönlich zum Bahnhof eskortiert und den Bahnsteig erst verlässt, als die Rücklichter des Zuges in der Ferne verschwunden sind. Die Szene erinnert an den Abschied Hemingways 1917, als ihn sein Vater zum Zug nach Kansas City brachte. Damals glaubte sich Hemingway im Aufbruch in die große weite Welt. Nun kommt es ihm vor, als habe er sich einmal mehr nur im Kreis gedreht. Er steht wieder am Anfang. Und 1923 hat er noch keine einzige Zeile Literatur geschrieben.

.

XXVII   Ein Welträtsel

Hemingways Koffer vom Gare de Lyon fesselt seit seinem Verschwinden die Literaturwelt. In interessierten Kreisen ist er ein Objekt der Begierde, eine Mischung aus Heiligem Gral und Bernsteinzimmer. Fast alles, was es auf dieser Welt an Sehnsüchten, Träumen und Ängsten gibt, wurde auf dieses Gepäckstück projiziert.

Dabei ging es um alle möglichen Fragen.

Wie ist der Koffer verschwunden? Wurde er vielleicht einfach nur verbummelt? Verwechselt? Wer hat den Koffer gestohlen? Gefunden? Sitzt möglicherweise in irgendeinem Winkel dieser Erde ein Analphabet, der die Papiere besitzt, nicht ahnend, um was für einen Schatz es sich da handelt?

Wäre die Geschichte der Literatur anders verlaufen, hätte Hemingway die Geschichten aus dem Koffer veröffentlicht? Wäre Hemingway ein anderer Autor geworden?

Die Hoffnung, dass es irgendwann Antworten auf diese Fragen geben wird, speist sich auch daraus, dass es im Leben Hemingways noch einen weiteren Koffer-Zwischenfall gab. Und der hatte ein Happy End.

Als Hemingway in den Fünfzigerjahren Paris wieder besuchte, übergab man ihm im Ritz einen Koffer, den er dort in den Zwanzigern abgestellt hatte. Die darin wiedergefundenen Papiere wurden zur Basis der posthum erschienenen Memoiren *Paris – Ein Fest fürs Leben.*

Die alles überragende Frage lautet jedoch: Was für Texte, Geschichten, Notizen steckten in dem verschollenen Koffer vom Gare de Lyon?

Hadley, die ihren ersten Mann um Jahre überlebte, mochte es aus nachvollziehbaren Gründen nicht, wenn sie in Interviews nach dem Gepäckstück gefragt wurde. Sie könne nichts zu dem Inhalt sagen, weil sie keines der Papiere gelesen habe, die sie in der Hektik einpackte. Sie erinnere sich nur an einen Romananfang, die ersten Kapitel. Und die seien wundervoll gewesen.

Von Hemingway hat man zu Lebzeiten nichts weiter zu diesem Thema gehört. Nur in dem posthum veröffentlichten *Der Garten Eden* gibt es eine Gattin, die die Arbeit ihres schriftstellernden Mannes verschwinden lässt. Im Roman allerdings mit der festen Absicht, den Mann zu vernichten. Sie verbrennt die Texte, wozu sie sich im Recht glaubt, denn schließlich hat sie mit ihrem Leben dafür bezahlt. Das klingt eher nach Pauline, könnte aber ein Indiz dafür sein, dass Hemingway seinerzeit nicht so gelassen reagierte, wie er später behauptete.

Die Spekulationen über den Inhalt des Koffers wurden im Lauf der Jahre zu einem Volkssport, an dem sich so gut wie jeder beteiligen konnte. Ein beliebtes Gesellschaftsspiel.

Und falls Sie an einer bezwingenden Variante interessiert sind … bitte umblättern.

XXVIII   Der Fang seines Lebens

Als Hemingway im April 1923 nach Cortina d'Ampezzo zurückkehrt, ist die Wintersportsaison vorbei. Hemingway richtet sich wieder im Hotel ein und weiß nicht so recht, was er mit sich anfangen soll. Dann geschieht etwas Wunderbares. In einem Ausbruch von Kreativität haut er eine Geschichte in die Tasten. Der Text ist nicht lang, beim Tippen muss alles schnell gehen, es gibt keine Zeit für Interpunktion und für Anführungszeichen bei den Dialogen erst recht nicht. Die Geschichte heißt *Schonzeit (Out of Season)*. Sie steht in dem Ruf, *die* erste Geschichte von Hemingway zu sein, die typisch ist für seinen Stil. *Schonzeit* ist gewissermaßen der Ground Zero von Hemingways Karriere. Hier fängt alles an, von hier an geht es für lange Jahre nur bergauf. *Schonzeit* wird als Kleinod gehandelt – wirkt aber auf den ersten Blick eher klein und öd.

Schonzeit ist nicht sehr lang, im Druck gerade mal sieben Seiten, und oberflächlich betrachtet passiert nicht viel. Es wird ein bisschen geredet, vor allem aber getrunken. Vorzugsweise Marsala. Die Erwähnung des Weines wie auch des Namens Max Beerbohm ist ein Insider-Gag. Bevor Hemingway nach Cortina fuhr, interviewte er den englischen Komödianten Max Beerbohm, der sich unweit von Ezra Pound an der ligurischen Küste niedergelassen hatte. Und der kredenzte seinem journalistischen Besuch Marsala.

Protagonist der Geschichte ist ein namenloses amerikanisches Ehepaar – nur die Frau hat einen Spitznamen: Tiny. Dreh- und Angelpunkt ist aber eine Gestalt namens Peduzzi. Peduzzi ist der Paria des Ortes, der im Wesentlichen zwei Aggregatzustände kennt: besoffen und stockbesoffen. Peduzzi will dem Pärchen eine gute Stelle zum Forellenfischen zeigen, allerdings soll das alles illegal über die Bühne gehen, wenn sie von den Behörden erwischt werden, drohen empfindliche Strafen.

Besonders intelligent stellen sich die Helden bei ihrer Undercover-Aktion nicht an; so laufen sie mit den Angelruten in der Hand über die Hauptstraße, wo jeder sie sieht. Aber das größere Problem ist Peduzzi, dessen Kauderwelsch die Amerikaner nicht verstehen und der fortlaufend mit Alkohol betankt werden muss. Die Frau, ohnehin wenig begeistert von dem Ausflug, kehrt zum Hotel zurück, ihr Mann und Peduzzi erreichen den Fluss, wo sie aber nicht zum Angeln kommen, weil sie das Blei für den Köder vergessen haben. Also ändern sie den Plan und machen sich stattdessen über den Alkohol her. Peduzzis Laune hebt sich, er verspricht Besserung für den nächsten Tag. Der Ami zeigt sich freundlich, aber skeptisch, im Prinzip antwortet er auf alle Vorschläge Peduzzis ausweichend.

Dann ist die Geschichte vorbei. Die Sonne geht unter. Die Sonne geht wieder auf. Menschen sterben. Menschen werden geboren und so weiter.

Wie bei Saint-Exupéry ist hier bei Hemingway das eigentlich Wichtige unsichtbar. Die nichtssagenden Dialoge sollen dokumentieren, dass das Paar kurz vor der Trennung steht beziehungsweise zumindest mit dem Gedanken daran spielt. Peduzzi ist ein Sinnbild purer Verzweiflung, er säuft und säuft, weil er einfach nicht mehr weiterweiß. Der illegale Job für die Amerikaner ist der letzte Faden, der ihn noch mit dem Leben verbindet. Wenn der Amerikaner – was er in seinen letzten Sätzen dezent andeutet – am nächsten Tag nicht kommt und womöglich Peduzzi wegen des Wildfrevels anschwärzt, wird Peduzzi sich das Leben nehmen. Zwar muss man sich sehr anstrengen, dieses Ende aus der Geschichte herauszulesen, aber seitdem Hemingway sich in einem Kommentar selbst so interpretiert hat, fanden sich immer mehr Leser, die das genau so sehen.

Und damit hätten wir also zum ersten Mal das Eisberg-Prinzip, auf das Hemingway so stolz war. Alles Unwichtige steht in der Geschichte auf dem Papier, alles Wichtige erschließt sich nur, indem man selbst die fehlenden Puzzleteile einsetzt, auf literarische Manier zwischen den Zeilen liest.

Beim breiten Publikum hatte Hemingway mit dieser Methode nicht immer Erfolg. Es gibt hanebüchene Interpretationen der Geschichte, die, je nachdem aus welchem Kulturkreis sie kommen, mehr über den Interpreten aussagen als über die Geschichte. So geht es zum Beispiel einer indischen Analyse zufolge in *Schonzeit* um das Verhältnis von Amerika und Europa, und zwar darum, wie unterschiedlich in beiden Hälften der westlichen Welt Beziehungsfragen geklärt werden. Das ist schon ziemlich kühn.

Bei den Kritikern konnte Hemingway mit *Schonzeit* sofort landen. Sie mochten die verwinkelten Übertragungswege der eigentlichen Botschaft auf Anhieb. Seit dieser Geschichte gilt Hemingway als ernst zu nehmender Schriftsteller. Sie erschien zum ersten Mal 1923 in *Three Stories & Ten Poems,* handgedruckt und verlegt bei Bill Birds Three Mountains Press. Auflage dreihundert Exemplare. 1925 wurde sie in den ersten regulären Kurzgeschichtenband *In unserer Zeit* aufgenommen, der nun bei Boni & Liveright endlich in einem »richtigen« Verlag erschien. Seitdem ist

Schonzeit in jeder Anthologie von Hemingway-Geschichten enthalten.

Hemingway freute sich, dass seine kreativen Säfte wieder flossen, vor allem war er aber sicher, dass er endlich seine Stimme gefunden hatte. Wie er in einem Brief an Fitzgerald schrieb, wollte er ursprünglich den Selbstmord Peduzzis im On erzählen, entschied sich dann aber doch für die Off-Variante.

Wie bei fast allen Hemingway-Geschichten erklärte der Schriftsteller bald, dass die Erzählung auf einer wahren Begebenheit fußt. Außerdem sei sie die einzige seiner Erzählungen mit Gattin Hadley als Vorbild für eine Figur. Das hat sie mit all den anderen Geschichten, von denen das behauptet wird, gemeinsam.

Bald kamen Zweifel auf an der These, die Geschichte beruhe auf Tatsachen. Eingewandt wurde zum Beispiel, dass Peduzzi ein nicht gerade typisch ladinischer Name sei, auch habe es um die Zeit keinen Selbstmord eines Fischfrevlers im Ort gegeben. Und da die Gegend doch eher überschaubar sei, hätte man davon gehört. Zwar solle sich im Hotel Bellevue in einem Zimmer ein Gast erschossen haben, aber erstens wisse man nicht mehr genau, wann, und zweitens wäre ein gut situierter Hotelgast wohl nicht dasselbe wie ein Landstreicher.

Auch die Angelerzählung ist merkwürdig. Es gibt wohl keine andere Geschichte von Hemingway, in der die Forellenfischerei, eine der wenigen Handlungen, die für Hemingway zeitlebens geradezu heilig waren, derart lieblos abgehandelt wird.

Sicher, es ist möglich, im April im trüben Fluss mit Blei und Köder der Forelle nachzustellen, aber es ist um diese Jahreszeit selbst heute noch in Cortina sehr kalt. Der Ausflug wäre gewiss kein Vergnügen gewesen. Hemingway löst das Problem auf einfache Weise. Als die Frau noch zugegen ist, ist es so kalt, dass sie drei Pullover übereinander trägt. Während der Amerikaner und Peduzzi sich am Ufer über die Alkoholvorräte hermachen, kommt die Sonne raus, und es wird angenehm warm. Und Angeln müssen sie dann auch nicht mehr. Gut, das ist die Macht der Poesie. Dennoch bleibt der Eindruck, dass die Geschichte in sich funktioniert, aber irgendwie am falschen Ort spielt.

Verlegt man sie hingegen ... in den Schwarzwald, passt alles. Das Wetter – hervorragend. Der Fluss – einladend. Die heimische Bevölkerung – abweisend. Der Angelausflug – klandestin, weil illegal.

Deshalb hier die angekündigte Koffer-These: Im verschwundenen Gepäckstück befand sich eine Art Urversion von *Schonzeit*, nur dass die eben im Schwarzwald angesiedelt war. Hemingway beherzigte dieser Theorie nach in seinem Anfall aus Schreibwut am Ende doch Ezra Pounds Ratschlag und rekonstruierte die Erzählung aus der Erinnerung. Da er keine Notizen hatte und auch stilistisch kein Landschaftsmaler war, verpflanzte er das Grundgerüst der Story einfach von Oberprechtal nach Cortina. Bei der Setbeschreibung nutzte er alles, was ihm in Cortina unter die Augen kam. Möglicherweise gab es in der Urversion sogar den Selbstmord des Strauchdiebs im On.

Natürlich ist das alles Spielerei, eine Spekulation. Wie viel dran ist, würden wir erst erfahren, wenn besagter Koffer eines Tages tatsächlich wieder auftauchte. Aber selbst wenn das nie geschieht, liefert diese Vermutung immer noch Stoff für eine hübsche Hemingway-Legende. Und davon kann es nicht genug geben.

Fakt ist in jedem Fall, dass sich 1922 die Wandlung Hemingways zum Schriftsteller vollzog. Es muss also in diesem Jahr einen Moment gegeben haben, in dem er erkannte, dass er die Sehnsuchtsorte, an denen er wahrhaft glücklich sein würde, nur in seiner Fantasie schaffen konnte. Denn wie sagte Hemingway in einer seiner besseren Sentenzen: »Egal wohin du gehst, du wirst dich immer mitnehmen.«

Möglicherweise kam ihm der Gedanke an einem Ort, wo er sich – und sei es nur für ein paar Stunden – aus dem Alltag ausklinken und die Welt um sich vergessen konnte. An einem Flecken, der ihn an die unbeschwerten Tage seiner Kindheit erinnerte. Während eines Ausflugs, der erst so banal erschien, aber in der Erinnerung so wichtig wurde, dass er in einer Passage seiner berühmtesten Kurzgeschichten wieder auftauchte. An einem Platz, an dem er tun konnte, was er neben dem Schreiben am liebsten tat …

Vielleicht haben Sie eine Idee, wann und wo das war.

ENDE

Hemingway behielt den Sommerurlaub 1922 ein Leben lang in Erinnerung. Und auch im Schwarzwald ist er bis heute unvergessen. Foto: Matthias Grüb

Quellen & Literaturtipps

Grundsätzlich: Bücher über Hemingway gibt es wie Sand am Meer, aber die beste Form, einen Schriftsteller kennenzulernen, ist immer noch sein Werk. Falls also jemand tatsächlich noch nie etwas von Hemingway gehört hat, wäre es am vernünftigsten, mit den klassischen Storys anzufangen, also *Das kurze glückliche Leben des Francis Macomber, Schnee auf dem Kilimandscharo, Um eine Viertelmillion, Die Hauptstadt der Welt, Ein sauberes, gut beleuchtetes Café* und so weiter. Gern auch *Der alte Mann und das Meer,* wobei man sagen muss: Es hat schon seinen Grund, dass dieses Werk als Schulliteratur verwendet wird.

Von den Romanen eignet sich vermutlich *In einem andern Land* am besten für den Einstieg. Bei den »dicken Büchern« ist Vorsicht angeraten, der Stilist Hemingway schlägt den Romancier um Längen. Ebenso sei vor den frühen Texten gewarnt. Hemingway hat da viel Experimentelles verfasst. Das kann interessant sein, denn auch der junge Hemingway konnte – was für eine Überraschung – schon richtig gut schreiben. Aber am Ende wäre eine Annäherung über die Frühwerke so, als hätte jemand noch nie etwas von den Beatles gehört und würde ausgerechnet »Revolution #9« als Erstes hören. (Also besser nicht mit *Schonzeit* beginnen.)

Für die Übersetzungen gilt: Je später, desto besser.

Zu Hörbüchern wird ausdrücklich geraten. Hemingways Sprache wird gerade dann richtig lebendig, wenn man sie hört.

Im Folgenden noch ein paar Bücher, die bestimmte Aspekte, die in diesem Buch geschildert werden, noch vertiefen. Bis auf eine Ausnahme sind die Bücher auf Englisch, aber das ist bei der Spezialliteratur zum Thema Hemingway die Regel.

Carlos Baker: *Hemingway. A Life Story*, Collier, 1988
> In einigen Punkten überholt, aber immer noch ein Standardwerk. Baker war mit Hemingway und seinem Umfeld vertraut und ließ sich dennoch nicht blenden. (Das gibt es nicht so oft.) Manche Dinge wusste er, verschwieg sie aber taktvoll. (Das erst recht nicht.)

Richard Bradford: *The Man Who Wasn't There*, Tauris, 2019
> Verfasst von einem Mann, der definitiv kein Hemingway-Fan ist. Gehört zu der Fraktion, die gern beweisen würde, dass die Ikone Hemingway eigentlich gar nicht existiert hat. Streckenweise amüsant, aber manchmal in all ihrem Vitriol auch ermüdend.

Scott Donaldson: *The Paris Husband*, Simply Charly, 2018
> Beschreibt Hemingways erste Ehe aus der Sicht der Gattin, die bekanntlich von ihrer besten Freundin und ihrem Mann erst betrogen und dann entsorgt wurde.

Thomas Fuchs: *Hemingway – Ein Mann mit Stil*, Mare, 2014.
> Launiger Überblick über Leben und Werk, verfasst von einem Typen, der offenbar glaubt, sonst was über Hemingway zu wissen, und mit seiner Meinung nicht hinterm Berg hält. Na ja, wer's mag.

James R. Mellow: *Hemingway – A Life Without Consequences*, Da
   Capo Press, 1994
   Vertritt im Kern die These, dass es am Ende Hemingways
   Lebensgier war, die ihn in den Freitod trieb. Viel Material
   über Hemingways Vorfahren und eine alternative Version der
   legendären Koffergeschichte.

Jeffrey Meyers: *Hemingway – A Biography*, Harper & Row, 1984
   Das Buch ist längst vergriffen. Interessant ist der Aufsatz, den
   der Autor 1999 veröffentlichte und in dem er all das schilderte,
   was ihm Anwälte aus der Buchfassung rausgestrichen hatten.
   Warnung: Die Wäsche, die dabei gewaschen wird, ist in jedem
   Fall sehr schmutzig. Es geht vor allem um die letzten beiden
   Ehefrauen Hemingways. Beide kommen nicht gut weg. Wer
   den Namen des Verfassers und *Virginia Quarterly Review*
   googelt, findet den Aufsatz im Netz.

Richard Owen: *Hemingway in Italy*, bookHAUS, 2017
   Befasst sich wohlwollend mit Hemingways Aufenthalten auf
   der Halbinsel, von der Jugend bis zu den späten Lieben.

Michael Reynolds: *The Young Hemingway*, W. W. Norton & Com-
   pany, 1998
   Beschreibt Hemingways Leben vor 1922. Interessant, weil der
   Verfasser sich die Mühe gemacht hat, die Archive von Oak
   Park zu durchforsten, und so ein detailliertes Bild von der
   Welt darstellt, in der Hemingway seine Kindheit und Jugend
   verbrachte.

Sandra Spanier (Hg.): *The Letters of Ernest Hemingway*, Vol. I,
   1907–1922
   Der briefliche Soundtrack zu diesem Buch. Einige Briefe
   sind belanglos, manche nur für Insider interessant, aber viele
   andere erweitern eben auch den Horizont.

Die Hemingway Bar in Freiburg. Hier muss es geradezu Daiquiris geben.   Foto: Thomas Fuchs

Dank

Als Hemingway für das Buch *Wem die Stunde schlägt* ein Zitat als Leitmotiv suchte, fand er es bei John Donne: »Niemand ist eine Insel.« Und ebenso entspringt kein Buch allein aus einer Hand. Bei der Entstehung dieses Textes waren mit Rat und Tat behilflich, in streng alphabetischer Reihenfolge: Stefanie Becherer, Karl Brehmer, Christoph Darnstädt, Konstanze Klein, Oliver Maria Schmitt, Uwe Straky und Artur Vogt. Ihnen und all den anderen, die nicht genannt werden konnten, danke ich herzlich. Mein besonderer Dank gilt dem Verleger Matthias Grüb, der die Idee zu diesem Werk hatte.

Hat Ihnen dieses Buch gefallen? Dann empfehlen Sie es bitte weiter. Mehr über den 8 grad verlag finden Sie auf **www.8gradverlag.de** und in unserem Newsletter.

© Stephan Lincke

Thomas Fuchs ist Autor von Drehbüchern, Reiseführern und Biografien, unter anderem über Mark Twain (*Ein Mann von Welt*) und Johnny Depp (*Der Mann hinter den Masken*). Seiner Hemingway-Biografie *Ein Mann mit Stil* bescheinigte der *BuchMarkt*: »Ohne Lobhudelei, eher skeptisch und im Stil leichter, aber nicht respektloser Schnoddrigkeit seziert Thomas Fuchs den großen Macho.«

Wir setzen auf nachhaltige Produktion. Unseren wertvollen Rohstoff Papier beziehen wir aus verantwortungsvoller Waldwirtschaft, dokumentiert mit dem nachstehenden FSC®-Logo.

1. Auflage 2022
© 2022, 8 grad verlag GmbH & Co. KG
Sonnhalde 73 | 79104 Freiburg
Alle Rechte vorbehalten

Köpfe: 01
Herausgegeben von Marion Voigt

Umschlagmotive: Passfoto Ernest Hemingways
© akg-images/Science Source
und Schwarzwald © Shutterstock
Umschlaggestaltung, Layout und Satz:
Julie August, Buenos Aires/München
Lektorat: Marion Voigt, Zirndorf

Gesetzt aus der Janson und der Brown
Papier: Munken Print cream 90 g/m2 1,5-fach
Einbandmaterial: Peyprint honan 130 g/m2
Herstellung: folio · print & more, Zirndorf
Druck und Bindung: Steinmeier GmbH & Co. KG, Deiningen

Printed in Germany
ISBN 978-3-910228-01-6

www.8gradverlag.de